末等魂師

4 談不攏，就翻桌！

銀千羽—著
希月—繪

人物介紹

端木玖

身分：端木家族嫡系九小姐
年紀：美少女般的十五歲
特長：賺金幣和花金幣
出場印象：從傻子進化成一個既土豪
又敗家的奇葩美少女
新技能：動口不成，飛劍伺候

紅色小狐狸

身分：魔獸
年紀：不明
特長：被玖玖抱在懷裡睡覺
出場印象：疑似魔獸火狐狸的紅毛小狐狸
新技能：燒光想傷害玖玖的人

仲奎一

身分：西岩城武器店老闆
年紀：一百多歲
特長：煉器
出場印象：看守武器店的鬍子大叔
口頭禪：那個阿北家的小姑娘

端木傲

身分：端木家族嫡系四少爺
出場印象：冷漠正直的男人
隨從：秦肆
新技能：妹控兄長實習中

夏侯駒

身分：夏侯皇朝四皇子，天魂大陸十大天才之一
外型：沉默寡言的俊青年
個性：熱心開朗，有點悶騷
好友：端木風、端木傲
新技能：認識某少女後發現自己往吃貨發展

北御前

身分：玖父託付之人，來歷神秘
魂階：五星天魂師
武器：黑色長槍
出場印象：外表約三十歲的紫衣帥美男
口頭禪：不能把小玖養歪了

端木風

身分：端木世家嫡系六少爺，
也是本代子弟中第一天才
好友：夏侯駒
特長：護玖狂魔

目錄

第三十三章　偷襲　007
第三十四章　欺我者，必還！　027
第三十五章　史上最沒有實力的魂師　051
第三十六章　天魂大陸最受崇拜的職業　081
第三十七章　惡補常識　101
第三十八章　城門爭鋒，帝都新八卦　123
第三十九章　找碴來了　149
第四十章　師兄?!　173
第四十一章　無良師父，怨婦師兄　197
第四十二章　端木家族　219
第四十三章　談不攏，就翻桌！　237
小番外　所謂「師兄」　253
作者的話　254

第三十三章 偷襲

足以容納數百人的演武場周圍，四面八方都出現端木世家守衛，定位在每一個能夠突圍的方位。

清一色深皮革色戰鎧中，那四個沒有穿著深皮革色戰鎧的人，就顯得特別鶴立雞群。

特別是，他們還站在最中央。

四面八方的守衛都離他們至少三大步遠，但又完全堵住他們的去路，這種被一堆人圍堵的感覺，真是讓人看得眼抽抽。

特別是，剛剛走過的大門又被重重關上，門口還有加倍的守衛擋著，重重防守以避免裡頭的人再逃跑出去。

整一個「關門放狗」的情勢。

雖然這四個字大聲喊出來的效果很美妙，但是她一點都不想當那個即將被咬的倒楣人士！

可惜很不幸的，她就是這個圍堵事件的主因。

端木玖內心囧囧的，懷裡抱著小狐狸，抬頭看著端木傲硬邦邦的神情、與眼底隱隱閃動的怒火，一副隨時要與人幹架的氣勢——

雖然他為人兄長的責任感爆棚，但是端木玖在感動中，也有點彆彆扭扭地不好意思了。

讓別人為自己打架拚命什麼的，實在不是她的風格。

所以她空出一隻手，拉拉他衣袖：

「我真的可以自己解決的。」

「不用，我來。」端木傲的回答簡短有力！

端木玖還想說什麼，端木傲再說一句：

「乖，一邊等著。」

端木玖就這麼被護在身後，然後還特別把她塞到夏侯駒身邊。

兩個男人特地眼神交流。

別動手、照顧好小玖就行。

夏侯駒會意地點點頭。

如果只有端木玖一個人，遇到這種狀況，夏侯駒當然會出手幫忙；不過有端木傲在，出手的人就輪不到他了。

而且端木傲還不只和夏侯駒眼神交流，更用眼神再示意自己的隨從秦肆，看好小玖不准她亂來。

於是繼被端木家守衛圍在中央後，她又被護在夏侯駒和秦肆的中間，絕對不會隨便被人攻擊到。

被三個男人當成脆弱的花朵保護起來，端木玖眼角有點抽，然後看著抱在懷裡的小狐狸。

小狐狸，我被當成脆弱小白花了耶！

這種被哥哥保護的心情，還是讓她感覺很新奇。

端木玖從上輩子以來，一向就是自己保護自己。

這輩子雖然換了一個不同的地方生存，但她還是她。

好不容易說服北叔叔讓她出來歷練、適應這個世界，結果遇到「傳說中的兄長」，又不時被當成脆弱小白花保護——

哥哥愛護妹妹這種心情，她是很感動啦。

但一想到「脆弱小白花」這種形容詞套在她身上……還是讓人全身都彆扭。

小狐狸聽了，完全沒有體會她的糾結，只回了她一句話：

這些人，弱。

小狐狸一出聲，端木玖頓時無語。

這一副嫌棄的語氣，意思是她不打也很好，正好省事，反正這些人不值得她動手嗎？

他就這麼把幾十個魂師和二、三十個地階魂師加起來的戰鬥力評定為：

「弱！」

真的沒問題？

小狐狸懶洋洋地微閉著眼，任她抱在懷裡。

狐狸表示：這種問題，完全不需要討論。這點程度的魂師根本連讓他看一眼的興趣也沒有，就算再來幾百個，他也一樣不看在眼裡。

但是對於在場的所有人來說，要單獨對戰這近百名魂師與地魂師，絕對是一項嚴峻的挑戰。

一人單挑端木府裡守衛近百人，端木傲面無表情。

守衛長雖然把話說得義正詞嚴，但還沒動手，心裡就有點發憷。

雖然他們人很多，但是四少爺很強啊！

地階和天階的實力落差，那根本不是在一條線上，而是天差和地別啊！

就算四少爺只有一個人，他們可以打車輪戰，耗到四少爺沒力氣，但問題，四少爺可是魂師！

魂師真正的底牌是什麼？

是契約魔獸！

等四少爺的魔獸一出來，他一個人就可以完全吊打他們近百個人，毫無壓力。

這架還怎麼打啊？

偏偏長老的命令不能違背……

義長老簡直是坑死人！

長老啊快點回來快點回來啊！

就在守衛們表面嚴肅、內心集體狂吼，端木傲伸出手、身上魂師印亮起的時候，原本關上的端木府大門，突然「砰！」一聲被打開。

來人還沒踏進門，含著怒火的質問已經先傳來：

「是誰膽敢在我端木世家放肆！」

◈

關上的大門，突然被來人從門外打開——不對，這種聲勢，比較像大門被人踹開。

堵在大門內側的守衛一聽到聲音就趕緊自動退開，守衛長更是大大鬆了口氣。只見一名看起來年約五十歲上下的男子，面帶怒容、神情倨傲，大踏步伐的跨過門檻走了進來。

緊跟在後的，是一名身穿深青色鎧甲、五官剛毅端正、身形高大魁梧，年約三十幾許的男子，昂然闊步，看起來一臉正氣，跟走在最前面的「老男人」氣質完全不一樣。

再其後，是一名看起來大約二十幾歲、身穿墨色鎧甲的青年男子，以及數十名端木家的子弟。

一行人進門，看見門內演武場上的情況，再看著被包圍的四個人，一時間有點搞不清楚狀況。

那四個人中，有三個人他們認識，但還有一個陌生的小女娃。

「九小姐，現在走進門的人當中，最前面那位是天耀城的管事長老，端木聰，二星天魂師；後面那位，是執法長老端木正，七星天武師；以及他的徒弟，八星地武師，端木洋。」秦肆小小聲地介紹。

「所以現在，現在他要一人挑兩個天階長老？」端木玖立刻問道。

秦肆聽得眼角一抽。

「應該不是。」就算四少很強也不可能單挑兩個天階啊！而且其中還有一個是很不好對付的。

還有，九小姐您那語氣中的滿滿期待是怎麼回事？他聽出來了！

「啊，不是啊……」語氣之失落的。

秦肆：「……」默。

難道九小姐很想看四少被……毆打？

端木聰的眼神，落到一旁的守衛長身上，問道：

「怎麼回事？」

他不過是不在一個月，端木世家在天耀城的分家就要被翻天了嗎？

「回管事，是帝都義長老傳來的命令……」守衛長立刻奔過來，把事情說了一遍。

他們絕沒有要翻天的意思啊！完全是因為長老有令，他們一定要遵從的。

「九小姐？」他看向端木玖。

就看見一名漂亮、嬌嬌弱弱的少女，像抱寵物一樣抱著一隻紅色小狐狸，有些好奇地回視著他。

他記得，九小姐是個傻子，雖然現在看起來不像傻子，但是她看起來嬌弱又瘦小，就是弱！

對於弱者，端木聰沒興趣多看，轉而看向夏侯駒：

「夏侯皇子，遠來是客，但可惜現在端木家有家事要處理，請恕我不能招待你，不如你先到客房休息？」

「不必，我與小玖一起來，約好一起回帝都，長老有事的話不妨快說。」言下之意就是：本來就沒什麼交情又立場不同，虛偽的話可以省了，免得耽誤彼此的時間。

端木聰一噎。

同是天階高手，夏侯駒又有皇子身分，面對端木世家的長老，態度不客氣一點也不算失禮。

但他就是不爽！

可惜就算不爽，他也不能直接嗆回去，因為夏侯駒的實力和身分，他都惹、不、起。

「既然如此，夏侯皇子可以旁觀，但請不要干擾本長老處理家事。」忍耐地說完，端木聰不再理會他，直接轉向端木傲：「四少爺，義長老既已傳令，就請你與九小姐配合。」

端木傲同樣再回他一句：

「小玖由我帶回帝都。」

端木聽眼神一沉。

「四少爺這是要違背義長老的命令？」

「小玖由我帶回帝都。」端木傲只有這句話。

端木聽眼神一橫。

「四少爺，即使是你，也不能反對長老們的決議；你要想清楚，為了她——值得嗎？」

為一個傻子、廢材，根本沒什麼感情的兄妹之情，公然挑釁長老們，即使他是嫡系四少爺，一樣會被處罰的。

「值得。」他毫不猶豫地回道。

端木玖一聽，立刻看向他。

端木傲沒有看她，但說出口的話，就是諾言。

從相遇以來，知道她是端木玖，他沒有像別人一樣，恍然大悟後、就是一副看笑話的表情，看她就像她是什麼低等存在，而他們有多高貴，根本不屑和她站在一起比較，反而明著暗著護著她……

對待她，他沒有擺出一副兄妹情深的樣子，反而面癱得很笨拙，連關心的話聽起來都像在罵人。

可是在行為上，不管誰想找她麻煩，他都一樣擋在她前面——

他說：她是妹妹。

不是因為血緣，也不管有沒有相處過後的情分，他就是單純的認了她這個妹妹，所以護著。

這跟北叔叔一直護著她，把她看得比掌上明珠還要掌上明珠，如珠如寶帶大的感覺不一樣。

哥哥……

她從沒有過哥哥，真正體會到被這樣「新鮮的人」保護的感覺，對端木玖來說，很奇妙。

有點感動、有點驚訝、有點不知所措、有點不可思議……

「執迷不悟！」端木聰一點都沒有被這種兄妹之情感動到，只覺得端木傲在找他的麻煩。

「來人，拿下他們。」

端木聰一聲令下，半數守衛立刻動手，但他們只要接近端木傲身前一丈範圍內，就統統被打飛。

「啊！」「呃！」「哇……」

一連串慘叫聽在端木聰耳裡，簡直像在打他的臉，啪啪啪地響。

他立刻看向一邊站著沒動靜的端木正，順帶就看見他剛才下令後，演武場裡有半數的守衛就開始悄悄移動位置，站到他周圍，一點動手的意思都沒有。

簡直沒將他的命令看在眼裡。

端木聰頓時怒了。

「正長老，你還不幫忙！」

一直在看戲、認真當觀眾的端木正：「……」

這種當綁架犯的事，他一點興趣都沒有！

內心雖然很吐槽，但他嚴肅正直的臉上，表情還是那麼嚴肅正直樣：

「我相信這點小事，完全難不倒聽長老，聽長老一定能處理得很完美，本長老就不添亂了，也不搶你功勞。」

他可沒忘記，每次出門做個任務端木聽一定斤斤計較酬勞，非到不得已絕對不會讓端木正幫他出手。

「什麼功勞不功勞？我們都是端木家的長老，為家族做事是理所當然的。你別忘了，帝都本家的命令，所有人都要遵從；要是讓人從我們手上跑掉，你也一樣有責任。」端木聽簡直咬牙切齒了。

同在天耀城裡，又同為長老，偏偏行事、性格都不合，如果是別的對手，他一定恨不得端木正什麼事都別做。

但是四少爺的魂階本來就在他之上，實力更是高出他許多，光靠他和這些守衛們根本不是四少爺的對手。

只有加上實力高強又擅長戰鬥的端木正才有勝算。

不得不開口求自己討厭的人幫忙，這感覺簡直憋屈地讓端木聽想吐血。

端木正一聽，沒有被求的開心，只有內心更想吐槽。

他是堂堂天武師不是人販子，綁人這種事簡直降低他的格調！完全不符合他的人設！

但是身為長老，在家族裡也不是最大的那一個，有時候就是這麼的身不由己，帝都的傳令，他不能當成沒聽見。

早知道回城會碰到這麼坑人的傳令，他就帶著徒弟繼續在城外歷練繼續做任務，不回來了……

「正長老！」眼看守衛們全被打飛，端木聰又催叫。

「別叫了，你自己不動手偏要叫我，待會兒不要說本長老搶了你的功勞。」端木正說道。

「那當然不會。」雖然事成功勞不是他一個人的，但也是兩人都有分，當然一起平分。

不過，如果有機會獨占功勞，端木聰也不會放過就是。

端木正沒理會他一臉算計的表情，只邁開腳步走向前。

「四少，你聽見了。」在帝都本家的義長老是這麼傳令的，不是他要找麻煩。「雖然我本人對這則傳令也不太贊成，但命令就是命令，身為一城管事，我有執行命令的義務。除非……」

「除非？」

「天魂大陸，強者為尊。只要四少打贏我，這則傳令，我就當作沒聽見。」端木正微笑地說。

在他後方的徒弟端木洋一聽，一時腳滑得差點沒站穩。

這根本是光明正大找打架的理由吧！

師父，您已經出去一個月了，城外那些魔獸看你看得都不想理你了，難道還沒打夠架？

義長老的個性小氣又記仇，您不好好執行命令的話會被找麻煩的啊！

「可以。」端木傲一口應下。

「呃——」端木玖才開口。

「小玖，妳到一旁等我。」

端木玖：「……」完全沒有開口的機會，她就被夏侯駒和端木傲的隨從秦肆，拉著帶到一旁去了。

四周的守衛們見狀，不管受傷還是沒受傷的，統統立刻散開，空出武場中央的一大片空間。

天階高手要過招，他們地階以下離遠一點比較安全。

「四少，請。」端木正拱手一禮。

「請。」端木傲同樣回禮，兩人同時動作。

端木正飛身向前，手上突然冒出一把與他本人同高的長形寬刀，揮向端木傲。

端木傲翻身向後一躍，躲開大刀的同時，身上魂師印浮現——

三顆星魂、七方角亮。

「七星天魂師，他又精進了。」夏侯駒一看，嘖嘖說道。

「四少說，還不夠。」秦肆很忠實地把當初晉級時，端木傲的原話說出來，而且是非常不滿意的語氣。

夏侯駒無語了下。

「一年晉一星，還不夠？」這話說出去，端木傲一定會被廣大的魂師群眾追打的。

魂階晉級，是愈往上愈難。

晉級所需的魂力，是加倍再加倍。

到了天魂師的階段，不靠外力、單靠自身的修練，一星與一星之間的晉級相隔好幾年的都有。

端木傲晉級的速度已經夠快了，這樣還不滿？

「因為四少爺的目標不只於此。」秦肆低聲說道，覺得自己也要更努力修練才行。

身為護衛，實力要是低於主人太多也是不行的。

「唔。」夏侯駒一聽，倒是一點都不意外。

身為天魂大陸的一分子，就沒有人不追求實力、不想變強的——等等，好像有個人……

他的眼神轉向身邊還沒他肩膀高的「小妹妹」。

「小玖，好好看喔！這是很難得的對戰，七星天武師對七星天魂師，魂階相同、勢均力敵。」夏侯駒提醒道。

一同對敵過，雖然沒打完，但他大概知道這個小妹妹實力也是不凡的，但她畢

竟「恢復」不久，實力就算奇特的好，但戰鬥經驗應該是不夠的；多看這樣的對戰，對她有好處。

「嗯。」端木玖點點頭，興致勃勃地看著打鬥中的兩人，眼神專注。

而在魂師印亮起同時，浮光一閃，端木傲身上頓時罩上一層水青色的鎧甲，波光灩灩。

當鎧甲出現，一股看不見的威勢立刻朝四面八方散開。

在場所有人都感覺到一股不明覺厲的壓迫感，端木聰與所有端木家的護衛甚至紛紛後退了一至三步。

但夏侯駒沒動、秦肆後退一步。

夏侯駒本來要護一下端木玖，怕她承受不住天階魂師與高階魔獸放出來的威勢，卻驚訝地發現，她一步都沒有退，而且觀戰的神情還是一樣專注，彷彿什麼也沒感覺到。

按理說，高手或高階魔獸的存在，本來就會讓低階者感覺到一種威迫感。

實力相差愈大，威迫感就會愈強。

他沒有感覺是有原因的，但是她——

總不會這個「威勢」還會挑人，特別繞過她吧？

還是……

他看了被小玖抱在懷裡的紅色小狐狸一眼。

……這小狐狸，看起來一點都不像能扛住高階者威勢的樣子，應該不是因為牠吧？

暫時想不出原因，夏侯駒暫時放下疑問，繼續觀戰。

演武場上，與端木傲對戰的端木正雖然沒退，但表情比剛才慎重了一點。

「四少的契約獸，果然不同凡響。」端木正稱讚道，雖然沒羨慕，但有那麼一點點心酸啊。

身為天武師，雖然感受沒有魂師那麼明顯，但是鎧甲上身的那一刻，端木傲全身氣勢的上升，身為對手是不可能沒感覺到壓力的。

即使魂階與武階相同，但是有契約獸鎧化，魂師的戰鬥「裝備」可比武師高級多了。

什麼級別的魔獸，就會化出什麼級別的鎧甲。

而武師想要鎧甲——得買啊！

重點是還不一定買得到，這才哀怨！

不過端木正也沒有因此覺得不平衡或是嫉妒，實力，終究是掌握在自己手上的，所以他——戰鬥意識反而更加高昂了。

兩人看著彼此。

一個持刀昂揚、一個沉著於勢。

身在同一個家族，對彼此的實力多少都是有了解的，多餘的試探可以省下，直奔重點。

「四少，速戰速決吧！」

他贏，就變人販子——真不想承認。

他輸，放人離開。

「可以。」端木傲點頭。

「很好，大刀——龍捲！」

長刀旋揮，一陣宛如龍捲風的刀風挾捲一陣煙塵，讓人看不清刀風的捲動方向，直撲端木傲。

端木傲身上水青色鎧甲光芒頓時一閃。

「——鎮！」

當有如龍捲風般的刀風捲到端木傲面前一丈處，一道宛如城牆、半透明的水青色屏障頓時出現，不但擋住了刀風，還化散了蔽人視線的煙塵。

一招才過，端木正已經飛身過來，舉起手中長刀一劈，水青色的屏障頓時輕「鏘」一聲，當場破散。

長刀的刀勢卻沒有止住，反而直接劈向端木傲。

端木傲瞬間飛起，避開長刀的同時，反身一掌拍向地面。

「砰！」一聲。

整個演武場為之一震，巨大的威力更是直接掀起好幾塊石面地板，砸向端木正！

端木正立刻飛身後退。

「好！」他讚賞一聲。

果然實力相當打起來就是爽快！

飛身而起的端木正不是避閃，而是藉著飛身而起的機會，長刀在空中旋揮，凌空一劈！

「天武．一刀長空！」

宛如閃光的刀芒，向端木傲疾衝而去。

端木傲在空中避無可避，只輕叫一聲：

「玄甲！」

水青色的屏障再現，但是這次的屏障，卻不是半透明，而是實實在在的護障，等著刀光直接撞上來

「轟──」一聲。

刀光沒有消失，反而像遇到阻礙一般，因為反作用力而反撲向端木正。

端木正彷彿早有預料，長刀一撥、刀光散開同時，他整個人連刀宛如化成一體，瞬間消失！

「這才是真正的殺招！」

夏侯駒突然意會，話聲才落，就又聽見「轟──」一聲。

端木正竟然穿透過水青色的屏障，手上長刀砍向端木傲，卻被端木傲空手接擋住。

半空中的兩人，一瞬無聲。

看似平和，好像兩個人都奈何不了對方，但是天魂技和天武技的氣勁，根本就是在兩人體內亂竄，兩人才一時之間都動彈不得。

「四哥和端木正長老受傷了。」端木玖突然開口說道。

話才說完，兩道血跡從半空中落了下來。

夏侯駒和秦肆訝異地看著端木玖。

他們都還沒看出來的事，她怎麼就看出來了?!

「他們要掉下來了！」她又輕呼一句。

夏侯駒和秦肆連忙再轉頭，空中水青色的光芒一爆，端木傲和端木正兩人同時往反方向被彈飛。

「唔——」

「呃——」

「師父！」一直注意戰況的端木洋立刻向前，接住天上掉下來的師父。

「四少！」

「端木傲！」

秦肆要衝向前，卻沒有夏侯駒動作來得快。

他直接飛上半空接住端木傲，讓他免於從「天上掉下來」的囧況，但接住人的同時也發現，端木傲傷得不輕。

水青色的鎧甲已經自動收回，端木傲渾身乏力。

相同的，那邊端木正的情況也差不多。

見兩人落地，端木玖立刻要走向他們，但橫方卻突然亮出一道閃光，傳來一聲輕喝：

「天魂技，狼影魔光！」

半空中突現狼影幢幢，窮兇極惡地瞬撲而來！

突來的變化，令所有人錯愕地瞪大眼。

「玖小姐！」

「小玖！」

秦肆、夏侯駒驚愕，一個發招太慢、一個扶著人，根本來不及救援！

幽暗的狼影，瞬間將端木玖整個人吞滅！

「呦嗚！」

「砰！」

第三十四章　欺我者，必還！

狼嚎聲過，那道巨大的閃光，在演武場上爆出一聲巨響！

本來就被掀翻的石板地，像被什麼巨物再次狠狠砸到，翻出漫天煙塵，遮蔽所有人的視線。

在場的人全都一陣錯愕。

端木聰——堂堂長老，竟然在所有人沒防備的時候，偷襲端木玖！偷襲一個——嫡系的家族小輩！

「小玖！」

受傷還沒緩過氣的端木傲一看見這種情形，情緒一激動，竟然當場吐血。

「端木傲，冷靜！」夏侯駒從驚愕中回神，及時扶住踉蹌的端木傲，眼神冷冷射向端木聰。

另一邊的端木正錯愕了一下，就是一臉不滿，但想到端木聰的為人，他又覺得自己不必太意外。

但無論如何，對一個小輩做出偷襲這種事，還一臉得意樣——以大欺小以長欺幼以強襲弱再加偷襲，竟然還擺得出這種得意的表情，恕他不懂，這到底有什麼好得意的？

端木正開始覺得，這「長老」兩個字實在不值錢，他決定下次回帝都的時候就請辭，跟這種人一起當長老簡直丟遍他老臉！

而偷襲成功的端木聰一點慚愧心虛都沒有，反而還很得意，臉上帶笑的神情，等著看端木玖的下場。

當漫天的煙塵漸漸褪散，朦朧中，卻似有幾道光芒閃動。

很快地，煙塵全部消散，端木玖纖細的身影，卻赫然在眼前，看起來，竟然一點受傷的樣子也沒有！

紅色的小狐狸，也悠悠地坐在她的肩上，晶燦的雙瞳，幽幽瞄了眾人一眼。

那一眼，不知道為什麼，讓看到的人心跳都暫停了兩下。

這還不是最重點的，最重點的是，端木玖身邊，竟然平空立著一把劍！

端木家的守衛們一陣驚疑，紛紛揉眼，再仔細看。

「那是……劍吧。」沒錯吧？

飛立在九小姐身邊的劍啊！飛劍耶！

「嗯，沒錯，是劍。但是九小姐……用劍？」

「不不，這個等下再說。現在，九小姐……沒事?!」這才是他們應該先注意到的事吧！

「長老打出來的是——天魂技耶！」

「聽長老的契約魔獸，原本是七階魔狼，但早就晉級成聖階……」

「聖階的魔獸攻擊，絕對是可以把人轟成渣渣的那種！」

「但是九小姐扛下來了?!」有點夢幻，他想找個人打他一下，看看他會不會痛，如果會痛，才是真的……

「妳、妳沒事?!」端木聰臉上得意的笑容僵住了。

「沒事。但是你馬上就有事了。」端木玖伸手、握劍。

「胡說八道——」端木聰想再用一次天魂技，直接殺了端木玖，可惜一時間體內魂力不足。

天魂技的威力強大，要不是在演武場，端木家至少會被轟掉一半。

但用一次天魂技，幾乎相當於抽掉一個天魂師的全部魂力，所以用一次天魂技，必須等幾息的時間，讓魂力恢復，才能再使用。

但幾息的時間，對她來說已經足夠了。

「偷襲要有偷襲的本事，你有嗎？」端木玖一握住劍，身影瞬動。

眾人只看到一道快速的銀光閃過，端木玖消失。

端木聰只感覺到一陣冷肅的危機感逼來，待在契約空間的本命魔獸——魔狼卻忽然現身，渾身狼毛直豎，兇惡地往前直撲！

眾人無聲中，只見銀光閃過。

呦——魔獸往前撲的體形頓住、狼嘴張開著，保持像要吼叫、又像要咬住什麼的狀態。

可惜，牠都撲空了。

此時，眼尖一點的端木正、端木傲等人已經看見，在魔狼的脖子，有一道紅色的血痕。

「黑牙……」身為主人的端木聽只覺得胸口、腦部一陣巨痛。

他的魔獸！居然……居然……

而突然消失的端木玖，已經出現在端木聽身後，亭亭站立。

「瞬、瞬間移動?!」一旁觀戰的守衛結巴。

「不是，是九小姐的動作太快，我們沒看清楚而已。」旁邊的同伴一聽，就奉送他一顆沒好氣的白眼。

瞬間移動？那是傳說中的能力吧！

長老們都做不到，區區九小姐怎麼可能會？別開玩笑了！

「但是……但是……」

「端……木玖！」本命魔獸被殺，端木聽大睜著眼，顫巍巍地瞪向端木玖，一手舉高，凝聚體力為數不多的魂力，想要反擊。

而一直在端木玖肩上的小狐狸，忽然動了。

紅色的狐影一竄而過。

端木聽和聖階魔狼身上莫名著火，並且快速燃燒！

「嗚……」七級魔狼哀叫一聲。本來還有一絲氣息的牠，這下真的完全死翹翹了。

「啊！啊！」端木聽大叫又痛得大跳，身上的火卻迅速燃燒，在眾人呆愣的兩三息間，一人一狼，就燒得連灰都沒有了。

端木正：「……」目。

夏侯駒：「……」瞪。

端木傲：「……」口。

端木玖：「……」呆。

秦肆：「……」驚。

眾人：「……」嚇。

他們看見了什麼？

他們看見了什麼?!

這是真的嗎？不可能吧！

他們眼花了嗎？不可能吧！

聽長老就這麼連灰都沒有了？不可能吧！

端木家守衛們一個個風中凌亂的回不了神。

端木正和端木傲等人心裡不約而同想著：這火……

小狐狸悠然的回到端木玖肩上坐著，一副高貴冷艷樣。

端木玖好不容易才勉強回過神。

小狐狸動作太快了！

小狐狸，這個——

真可惜。

啊？

他們太不耐燒了，浪費我的火。

……端木聰要是聽到你這句話，會從地獄裡氣的再爬出來找你的。

那正好，他爬出來，我再燒他一次。

意思是只燒一次，小狐狸大人覺得不夠，牠不介意多燒幾次，保證端木聰不只身體，連三魂七魄都可以燒得光光光。

端木玖只能以敬佩的眼神看著牠：

……你強。

可是，眾目睽睽的，我們直接把人燒死會不會太不低調了？

低調？那是什麼東西？

本尊的……牠的字典裡沒有這兩個字。

端木玖默默瞅了牠一眼。

太高調，死得快啊！

但是如果是小狐狸，想到那個一身紅鎧、常年沒表情卻俊美得不可思議的五官，端木玖又默默把前一句話給收回去。

他不用高調，因為光是他這個人一出現，就跟「低調」兩個字絕緣。

為什麼殺他們？

端木玖好奇地透過神識問道。

從相遇開始，除了碰到黑大那一次，她與人對戰，小狐狸從來都是旁觀，不插手的。

但是今天，小狐狸動手了。

看他不順眼！

這答案……夠任性。

傲嬌的小狐狸。端木玖在心底偷偷說道。

想殺妳的人，都該死！小狐狸在心底偷偷加上這一句。

一人一狐用神識講了好一會兒的悄悄話，震驚到目瞪口呆的眾人終於回過神了。聽從端木聰命令的守衛們立刻嚷開了。

「長、長老……死了?!」

「她、她她她…她殺了長老?!」

「九小姐殺了聽長老！」

喂！殺端木聰的是小狐狸，不是她！端木玖差點想糾正。

但……好吧，小狐狸動手，跟她動手是一樣的，她就不反駁了。

「我們要為長老報仇！」

「對，要報仇！」

「可是……長老都輸了，我們……打得過九小姐嗎？」

這個……同仇敵愾的守衛們集體沉默了。

接著又集體轉頭，看向守衛長。

端木勝眼神瞇了下，突然大聲開口：

「正長老，九小姐偷襲——」銀色的劍尖突然抵住他喉嚨，只要他再說話，劍尖可能就要刺進他的喉嚨了！

端木勝驚得立刻住了口，而且還保持嘴巴微張的表情，就怕他連嘴巴一動，劍尖都會刺破他的喉嚨。

雖然他沒說完，但是端木傲等人都聽出來了，他竟然想把偷襲的罪名推到小玖（九小姐）身上，簡直該死！

竟然想叫我去對付九小姐，你當本長老是這麼笨隨便讓人當棒槌使的嗎？

小玖（九小姐）的劍刺得好！

「你想說什麼？」端木玖微微笑地問道。

端木勝不自覺顫抖了下，一動都不敢動。

「沒、沒什麼……」

雖然九小姐長得很美、笑得很純真可愛，但是……當這個又美又純真可愛的人拿著一把劍抵在你喉嚨的時候，就算是聖魂師也不會覺得她純真又可愛！

尤其是，他剛才親眼看著九小姐就用這把劍把聖階魔狼的脖子給削開了。

他的脖子……沒有魔狼的硬……

「我好像聽到你說……偷襲？」不要以為躲著我就會忘記你，端木聽還沒回來前，你可就叫人包圍他們，想以多欺少打群毆架了。

「我……我是說，長老偷襲……九小姐，真是……太、太不應該了。」端木勝結巴的改口，說完忍不住還抖了一下。

因為，某隻狐狸用牠赤色的眼瞳，輕飄飄地瞄他一眼了呀！

雖然這隻紅色小狐狸外表看起來一點都沒有多厲害的樣子，但是——剛才他才親眼看到，牠一把火就活生生燒了長老和魔狼啊！

這種火，他扛不住。

萬一牠一個不順心，也弄了一把火丟他——端木勝一點都不想被燒……

「他為什麼偷襲我？」

「這個……我不知道……」

「嗯？」劍尖又抵近他一分，語氣好親切。

但，他的脖子涼涼的！

「九……九小姐，我真的……不知道啊！」端木勝簡直要哭了。

長老突然爆起要殺人，也不可能先告訴他這個守衛長啊！他管著一半的守衛，但是管不到長老頭上啊。

「是嗎？」劍尖動了下。

「真的，九小姐我真的不知道，真的真的！」端木勝連大喘氣都不敢地連忙說道，簡直想喊冤了，腦子裡不停想著那天接到的命令內容，確定帝都的命令只叫他們抓人，受傷不論，但不可危及性命。

他哪知道端木聰長老為什麼會突然想殺人？長老平時……等等，那個人，難道……

「九、九小姐，我、我想到一件事。」

「什麼事？」劍尖稍稍離開他一點。

端木勝終於覺得自己可以呼吸了。

「帝都傳來命令的時候，長老不在；不過在聽長老和正長老一起離開天耀城前，聽長老曾經見過一個人，那個人穿著黑色的魂師袍，還戴了帽子，我沒看清楚他是誰，不過那人走了之後，聽長老很氣憤，只喃喃唸著『區區一個傻子，能有多厲害？一定要殺了……』之類的話。我、我想，說不定，聽長老會偷襲妳，是因為那個人的關係。」

聽長老的碎唸他沒有聽清楚，但是結合今天的事，在生命受到威脅的刺激下，端木勝的腦袋難得靈光，突然就聯想起來了。

「知道那個人從哪裡來嗎？」

「好像是……西南方。」

西南方，西星山脈南端，西岩城？

「那他現在人呢？」

「可能去帝都了。」還是聽長老特別安排人送他走的。

「除此之外，還有什麼奇怪的事嗎？」端木玖又問。

「沒、沒有了。」端木勝很認真的回想後，很誠懇地回道。

看在他這麼配合回答問題的分上，九小姐可以饒過他了嗎？

「你想我放過你？」

「嗯嗯。」要不是劍尖還在脖子上，端木勝的頭會點到地上去。

「沒有沒有，我只是想抓住九小姐而已，那完全是因為帝都的命令，我個人絕對不敢隨便對九小姐不敬。」端木勝連忙保證。

「是嗎？」

「是的。」斬釘截鐵。

「我不信。」

端木勝一噎。

「那……九小姐要怎麼樣才肯相信我？」

「發誓。」

「呃？」

「之前的事，我可以不計較，不過從現在開始——你以自己和契約魔獸的命、加上全部的財產發誓，你絕對不會有想傷害我的念頭和行為，也不會把今天在這裡發生的事傳回帝都；否則，你就一輩子當不了魂師、身體殘廢、財產完全被搶走，只能一輩子當個吃不飽穿不暖的殘廢乞丐。」

端木傲：「……」會不會太麻煩點兒？不守信諾的人，直接被雷劈死不是比較乾脆？

基於小玖沒計較之前他們的無禮，只叫他發這點誓言根本不算什麼，甚至還太寬大了。

端木傲一點都沒發現，他完全不阻止小玖的舉動；自己的行為和思想，漸漸朝

著某種方向前進。

夏侯駒：「……」好新奇的誓言，他要記起來；以後不要人的命，就讓他當乞丐。

端木正和端木洋：「……」雖說好死不如賴活著，但這種活法他們絕對不要！以後絕對不能得罪九小姐。

「我、我發誓，從現在開始絕對不會有想傷害九小姐的念頭……」端木勝想哭，但是就算哭，為了自己的小命著想，還是要發誓。

邊發誓還邊想到應誓裡的，不能當魂師又殘廢又沒有錢，想他堂堂端木世家的守衛長，如果有一天落到那種境地——那乾脆不要活了！

端木玖這才滿意地點點頭。

右手一轉，手上的劍瞬間消失。

「帶著你的人整理好演武場，然後該做什麼就做什麼。」雖然這個演武場本來就沒擺放什麼物品，就是地板被掀了好幾層而已。

不過，粗粗礪礪的總是很難看，這群太閒的守衛們就去做點美化地板的工程吧！

「是，九小姐。」端木勝得令，立刻指揮守衛們，有分配回原位站崗的、也有收拾演武場的。

一邊指揮，一邊還愈走愈遠。

——為了生命安全，遠離九小姐。

經過這一晚，他是絕對不會再什麼事都衝前面了，他還想留著命好好修練，不想像聽長老一樣，還搞不清楚什麼狀況，就被一把火燒掉了。抖。

「小玖。」端木傲這才出聲。

「四哥。」端木玖走向前。

端木傲卻愣了下，她……肯叫他了？

端木玖只對他笑了一下，然後抓起他的手腕，查看他的傷勢。

在天魂大陸沒有診病、沒有藥物之說，但是她曾經所在的地方有啊！而且因為習武，她對醫病也學了一點。

現在剛好用來看看他的傷，順便研究一下「魂師」的身體和她修練的心法有什麼不同……

「小玖，妳在做什麼？」看她壓著端木傲的手腕，夏侯駒好奇地問。

「沒什麼。」脈象好像沒有什麼差別。

端木傲現在的情形，以古武來說，就是「內傷」。不過她有感覺到，他體內的魂力只要運轉著，就會自動療傷，只是速度不快而已。

但會自動療傷的修練法，「魂力」滿神奇的……

「四哥，我們找地方休息吧。」順便讓他療傷。

「府裡側院空著，四少和夏侯皇子可以先去休息，秦肆也一起去。」端木正立刻出聲說道。

端木傲眉間一擰。

不要以為他會粗心大意沒聽懂，故意略過小玖是想做什麼？

「師——父——」端木洋簡直無力。

別人猜不懂，但他對自家師父的德性可是太了解了。

師父這根本就是「見獵心喜」了。

端木正才不理會別人在猜什麼，以看起來像威嚴正直的長老表情說道：

「九小姐，妳殺了正長老。」這不是疑問，是陳述。

「不能殺他嗎？」端木玖微偏著表情，疑惑地反問。

她這好天真無邪的表情，讓端木正嚴肅正直的表情差點裝不下去。

「他是端木家族的長老。」

「我知道呀。」剛才秦肆有介紹，他自己也大咧咧的「本長老……本長老……」，生怕別人不知道他是長老一樣的一直喊，在場的人想不聽到都很難。

「妳身為端木家嫡系子弟，怎麼可以殺自家長老？」

「就算結果是他被殺了，也不能掩蓋，是他先偷襲我、想殺我，我只是反擊而已。」

不要說什麼端木聰要殺他，她沒死就應該大事化小、小事化無喔！她沒那麼大肚！

在天魂大陸上，強者為尊。

發生爭執，就用拳頭講道理。

既然如此，先動手想殺人者，結果殺不了別人反被殺了，那只能怪自己的實力不足，不要指望別人會饒過你。

更何況，端木聰可是「暗地偷襲」。

先不論他想殺家族嫡系子孫有沒有道理，就這種暗地偷襲的行徑，被人發現反被人殺了也算活該。

所謂的強者之尊，是要人光明正大、以實力服人。

不是鼓勵人搞暗地偷襲這種小人行徑吧。

「呃……」九小姐說得也有道理，如果同樣的事落在他身上，端木正也是反擊不手軟的。

雖然心裡這麼想，但是當然不能這麼說出口。所以，正長老幽幽嘆了口氣：

「不管怎麼說，一城的管事長老突然喪命，我對帝都本家總要有個交代。」她也不想讓這件事現在就爆出去吧。

端木正表情一僵。

「你……該不會想和我談條件吧？」端木玖懷疑地看著他。

「怎麼說是……談條件呢？呵呵，呵呵。應該說是，我們互相幫忙。」請看他善良正直的表情。

端木玖：「……」太假了。

端木傲、夏侯駒：「……」這麼欠扁的表情，讓人手很癢。

端木洋與眾守衛們：「……」想摀臉。

長老的眼神太猥瑣了啊！

不像善良正直像專門詐騙的。

可以拒絕承認他是他們的長老（師父）嗎？

「九小姐？」端木正只注意他的目標。至於其他人臉上的表情……那是什麼？他沒看見。

「你說說看。」

端木正立刻興致勃勃地對端木玖說道：

「九小姐，請與我比試一場。」

「師父！」端木洋簡直想把自家師父拖回房間關起來。「九小姐，我師父受傷了，所以一時頭暈了，請不用理他說的話。」

「我沒有頭暈。」端木正瞪他。

怎麼可以這樣說自己的師父，太不孝了！

「師父，你還受著傷，可以不要一直想著打、架、嗎？」端木洋壓低聲音、很咬牙地說道。

「九小姐是好對手啊！」

這是他的人生樂趣，遇到好對手不打一場他不快樂啊！

「是好對手現在也不能打，師父不能以大欺小。」端木洋努力找出一條理由，阻止自家師父。

「徒弟，你這麼說就不對了，實力是不分年齡的。」拍著徒弟的肩，端木正語重心長。

「……」他是為了誰才這麼說的？

「九小姐有實力，當然值得我挑戰。」哄好徒弟，端木正繼續熱切地看著端木玖。

「你的意思是，我和你打一場，你就不把今天晚上的事，告訴在帝都本家的人？」

「嗯嗯。」端木正立刻點點頭，一臉期待地看著她。

端木玖直接丟給他兩個字：「不打。」

端木正愣了下。

「為什麼？」

「沒獎品。」

「獎……獎品？」是他想的那個意思嗎？

「那當然。」就是你想的那個意思。

「九小姐想要什麼獎品？」

「沒有各種天材地寶也要有魔獸的各種戰利品，沒有獸晶也要有金幣。」至少銀幣以下，價值太低了不考慮。

要知道，比鬥是需要花力氣的，有金幣至少可以買好吃好喝的來補力氣，這樣花力氣才划得來。

端木正：「……」九小姐的要求好高！

天材地寶可遇不可求，魔獸的各種戰利品是需要冒生命危險去狩獵的呀！

至於金幣，很值錢的好嘛！一枚金幣可以讓一個普通人好吃好住的在天耀城裡活得很滋潤耶！

「九小姐不想讓帝都本家的人知道的事，他們就不會知道，這也是獎品啊。」對九小姐有利喔！

「這個不算。我相信正長老不會那麼快把聽長老的事報回帝都的。」端木玖突然一笑：「要傳消息給帝都的話，最快……也會在十天後吧。」

「為什麼？」

「因為，如果你在十天內傳消息回帝都的話，小狐狸的火，會燒了這座端木府喔！」

端木正：「……」表情扭了扭、抽了抽。

他這是被威脅了吧！

端木洋與眾端木家守衛們：「……」好、好霸氣！威武。

端木傲、秦肆：「……」

他們好像愈來愈了解，小玖（九小姐）的「真面目」了。

夏侯駒眼神一亮。

一名外表纖弱的少女抱著一隻火紅色小狐狸，嫣笑盈盈的神態和表情，明明很溫馨溫暖，偏偏她說出口的話，就是威脅。

就像他第一次看到她的時候，她就一個人坐在車廂裡，拿著麵包和肉乾，一邊吃一邊餵小狐狸。

看到他，不怕；被一堆高壯的傭兵們圍住，也不怕。

這種反差，好有趣。

能讓她這麼任性的最大支援，就是她的實力。

「九小姐，妳在威脅我？」端木正很驚訝。

自從他成為長老以後，很少有人敢威脅他了耶！就算常常看他不順眼的端木聰也不敢——

不過那傢伙的實力不如他，不敢威脅他也是正常的。

「沒有，我這麼善良，怎麼會做出如此惡霸的行為？」無辜。

眾人：「……」有種被雷劈到的感覺。

端木正：「……」第一次碰到有人敢放狠話後還誇自己善良的……這臉皮到底有多厚?!

「正長老，我只是提醒你一下而已；因為，小狐狸的火，是不受我控制的。牠想放就放，我頂多……就是把牠的意思提前告訴你，讓你有一點心理準備而已。」笑咪咪。

小狐狸：「……」這就是人族說的「狐假虎威」？

端木正：「……」還說不是威脅，明明就是！

不過，消息早傳晚傳他本來就不介意，只是順道拿來當藉口而已。

基於剛才看過狐狸發威，端木正的直覺告訴他，不要去賭一隻狐狸的脾氣比較好。

於是，端木正立刻換詞。

「九小姐，如果打敗我，可以在大陸上大大的揚名喔！」名聲喔！每個修練者都想要的喔！

「人怕出名豬怕肥。」端木玖嚴肅臉：「豬肥就該被宰了，冒頭快的人通常也死得快！」不要陷害她。

眾人：「……」感覺自己多年奮鬥得來的名聲，像擺在肉攤上那種待價而沽的肉。

大家的表情都是一抖。

囧囧有神。

端木正：「……」說得好有道理，但是不能贊同怎麼辦？

咳咳，亂想什麼，身為長老怎麼可以隨便被人說動，他的意志很堅定的。

「九小姐，妳這個想法不好。」擺出長老的威儀，端木正義正詞嚴地說道。

「哪裡不好？」

「我輩修練者，追求實力、追尋強者之道，重視的當然是勝利、是榮譽，是自我、是驕傲，怎麼可以只重視打贏了可以得到什麼呢？」

「榮譽在別人嘴裡，自我在自己心裡，驕傲在有實力的人手裡，跟輸了贏了有什麼關係？」

「……」說得好有道理，端木正竟然無法反駁。

但是、但是……

「任何一個有尊嚴的修練者，就不會拒絕別人的挑戰。」振振有辭，總算把我方的氣勢找回來。

「那有尊嚴的修練者如果每天從早到晚都被挑戰，他都不能拒絕，就從早打鬥到晚，這樣還有時間修練嗎？」端木玖歪著頭反問。

「呃……」正常來說，應該不會發生這種事。

「從早打到晚，都不用吃飯睡覺修練，什麼事都做不了，這樣還能變強者嗎？要是打鬥中精神不濟一不小心閃神了，就死翹翹了耶！」端木玖繼續問。

想像某個人在比鬥中打了瞌睡，結果就被一個天魂技砸個正著——

「……」這畫面，端木正囧了。

「所以人活著，還是好好活著比較重要吧。」

「嗯。」終於可以點頭。

他絕對不想要這種死法。

「所以說，應戰根本沒必要，沒必要的事做了就是浪費時間。所以，正長老的挑戰，我拒絕。」完全合情合理。

「不對，證明自己的實力怎麼會沒必要？」差點被拐騙。

九小姐這口才，絕對贏過大部分的人。誰說九小姐是傻子的？給他站出來，根本騙人！

「好吧。那贏了我，正長老可以證明什麼？」

「證明我的實力。」

「你是長老，我才十五歲，你的實力比我強不是應該的嗎？」以大欺小是很不要臉的。

「那……證明妳的實力。」立刻改口。

「剛才那個，不夠證明我的實力嗎？」

大家想到她一劍刷過，俐落抹了魔狼脖子的那一幕——集體沉默。

端木玖轉向端木傲：「四哥，我們要在這裡休息嗎？」

「嗯。」

「那走吧，往哪邊？」他還需要療傷。

「右邊。」那裡有專門留給家族子弟休息的客房。

「好。」於是扶著端木傲，她就這麼走人了。

為了避免自己成為下一個「被證明」的人，夏侯駒和秦肆立刻也跟著離開，留下端木正長老一個人站在原地，淒淒涼涼、一臉深沉的沉默不語。

一旁的守衛們你看我、我看你的。

長老都沒說話耶。

長老沒打到架，心情一定不好。

嗯嗯，所以我們不要吵他。

那我們……要不要先離開？

可是長老都沒走，我們……還是再站一下吧！

於是遠遠看起來，正長老站在那裡，表情凝重的像在思考什麼人生大事；旁邊的端木家子弟們也個個臉色嚴肅地站在那裡，集體跟著長老思考人生大事。

但事實是：

長老哪是在思考人生大事，是碰到一個完全不配合的被挑戰者，端木正長老鬱悶得想打人！

九小姐太沒進取心啦！

拒絕挑戰簡直沒天理！

不愛出名真是太懶散！

北御前那傢伙到底會不會教小孩啊！

內心狂吼完，對九小姐的實力，端木正卻更好奇了。

九小姐今年才十五歲，卻能秒殺聖階魔獸，身邊還跟了隻護短又看不出實力的噴火小魔獸……一整個好神秘呀！

「徒弟，明天我們找九小姐去測試魂階，你覺得怎麼樣？」端木正摸著下巴，很認真的考慮著。

雖然端木玖剛才沒用魔獸戰鬥，但因為噴火小魔獸那麼黏著她、又基於魔獸只會親近魂師的真理，所以端木正半點沒考慮把她歸類到武師，而是直接認定，她就是魂師。

能秒殺聖階魔獸的十五歲魂師，魂師會不會打破天魂大陸的紀錄啊？他突然好期待！

「師父，九小姐大概不會理你的。」端木洋不得不潑給師父一盆冷水，並且

再一次肯定，有一個無時不想找架打、挑戰別人忍耐極限的師父，當徒弟的真的很鬧心。

「沒關係，我理她就好了。」就這麼愉快的決定了。

明天一大早，就去敲九小姐的房門，叫她起床。

「……」師父，你會被九小姐砍的。

第三十五章　史上最沒有實力的魂師

隔天一大早，天色剛亮，端木正就來到端木玖住的房間外的門廊，抬手就敲門：

「叩叩叩。」

……沒回應。

「叩叩叩叩。」

……還是沒回應。

「叩叩叩叩叩——」

旁邊的房門打開了。

「師父？」端木洋一副剛剛睡醒的樣子。

抬頭看了下天色，天才剛剛亮，師父真是認真。

「你怎麼在這裡？」端木正瞪眼。

「秦肆找我問一些天耀城裡的狀況，聊了大半夜，就乾脆睡在這裡了。」秦肆問的時候，九小姐竟然還特地旁聽。

最讓他錯愕的是，夏侯皇子竟然也留下來聽了——結果沒多久他就發現，夏侯皇子在，完全是因為九小姐。

他很懷疑，如果不是因為四少需要療傷，說不定四少也會跟著一起聽。

這種暗暗的保護，讓端木洋覺得很奇怪。

九小姐明明實力不弱，但是四少和夏侯皇子好像都很寶貝她耶！

以前他也見過端木家其他少爺小姐們的相處情形，四少絕對沒有這麼充滿保護慾。

端木正瞪了瞪徒弟，問道：

「九小姐是住這間房吧？」心裡暗暗嘀咕，該開門的人沒開，結果不該開門的人卻開了。

真是出師不利。

「是呀。」端木洋點頭。

「那她還沒醒？」他都敲了三回門了耶，難道還在睡?!這麼大的敲門聲竟然沒聽見，這警覺性太差了！要改進。

「不是，九小姐醒了。」

「那她人呢？」

「她和四少爺、夏侯皇子、和秦肆四個人出門了。」

「什麼?!」一聲大吼，頓時驚飛端木府屋簷上一堆麻雀。

啾啾啾啾啾。

端木正才不管麻雀亂飛，只瞪著眼：「他們出門了?!什麼時候？」

「就在師父來之前……大約一刻鐘。」所以，他才剛躺上床一刻鐘啊！

現在突然想起來，九小姐是聽到他說的城門開啟的時間，才突然決定提早出發——而不是因為猜到師父要來堵人的吧？

端木正這下不是瞪眼，是瞪徒弟了。

「徒弟，該不會是你告訴他們，為師要找他們吧？」所以他們就早早跑掉的吧？

「當然沒有。」端木洋理直氣壯。

雖然覺得師父很鬧心，但是師父就是師父；出賣師父的事，端木洋是不會做的。

更何況，他家師父是無賴又愛打架了一點，但基本上是個好師父，為人也很正派，他很敬佩的。

只不過，他好像不小心有提到師父的個性——不屈不撓不輕易改變主意不達目的絕不放棄之類的話……呵呵呵。

他說的是實話，不能心虛。

「那他們怎麼那麼早就跑了？」

「大概是因為……師父，九小姐是奉命要回帝都的，您還記得吧？」

「當然記得。」

「所以他們應該是一早就準備去搭車隊——」端木洋還沒說完，端木正就轉咻地一下就跑不見了。

端木洋無語地看著自家師父一下子消失了的背影，才想要跟上去，結果師父又突然跑回來了。

「師父？」

「昨天晚上，九小姐有沒有問你什麼事？」

「有。九小姐問了天耀城裡有哪些有名的人或勢力、各住在哪裡，有名的商舖、工會、有名的飯館、雜貨商舖——」

「很好。」端木正一拎徒弟後領，身體一跳，就飛出大門去了。

不小心看見這一幕的守衛們根本來不及說什麼，只能目送：「……」長老好忙，守衛長……辛苦了，一路順風。

端木洋：「……」

師父，他成年很久了，這樣拎小孩，很丟人的。

◈

天色剛亮，天耀城的城門緩緩開啟。

寧靜無人的街道開始漸漸有人走動、傳出各種交談聲、車輪聲、叫賣聲，預告著一天的開始。

一離開端木宅，端木玖興致勃勃地提議：

「我們先去吃東西！」

然後，明明是第一次來天耀城的人，卻熟門熟路找到一家飯館，在人家剛開門時就坐進去，然後把人家飯館裡菜單表上的三十道菜全都點了一份。

秦肆看著飯館老闆高興地回了句：「馬上來！」就立刻幫他們四人倒好茶水然後立刻開始上菜後，才好奇地問：

「九小姐，妳對天耀城很熟？」

「不熟。」

「那九小姐怎麼知道來這裡？」

「昨天晚上端木洋有介紹過的，你忘記了嗎？」

沒忘，但是您一路走來也太熟了，步伐快又準，半點都不遲疑，完全不像是第一次走。

不知道的人，還以為您是地頭蛇呢！

而且昨天晚上端木洋說了一堆關於天耀城的事，您就最記得飯館在哪裡？

事實上，端木玖記得的，當然不只是飯館在哪裡，她還把她想去的店舖開店的時間都大概記下來了。

在飯館吃飽——包括小狐狸都餵得飽飽的，她就開始沿路買東西。

端木傲和夏侯駒很有幸地再一次見識端木玖花錢的速度。

從各種小吃舖、零食果乾舖、酒水舖、食材舖，到雜貨舖、書舖、武器舖、魔獸食物舖、各種魔獸材料販售舖……每家都逛、每家都買。

短短一個時辰，端木玖橫掃城南商店街，每家被她光顧過的店老闆都笑呵呵，結完帳還特別送他們到門口。

買好的東西，全被端木玖手一揮，統統裝進儲物手環裡。

讓端木傲和夏侯駒疑惑的是，為什麼小玖連各種不管認不認識的石礦、記錄石、和他們也不認得的花花草草，都一樣買買買？

於是，端木傲問了。

「四哥不覺得，這些石頭一起擺著看起來很漂亮嗎？買回去光是擺著看，就會覺得心情很好。」紅紅綠綠藍藍白白……各種顏色各種大小，混在一起多像一幅印象畫的美感呀！

店家：「……」眼角抽了抽。

第一次聽說有人把礦石買回去當擺飾的，簡直是令人淚流的暴殄天物！

這些雖然不是稀有珍礦，但也是打造各種物品必要石礦、很有用途的好嘛！

但是——她有錢、她是顧客、她說的都是對的。

於是店家保持面部表情，微笑點點頭，很誠意地稱讚：

「這位小姐真是太有眼光了。」

端木傲：「……」很好，很強大。

因為漂亮什麼的就買……這原因太正常了，包括買了兩三顆有半個成人那麼大的石頭也很正常——才怪！

但是，妹妹覺得漂亮，做哥哥的還能說什麼呢？

還處於「實習期」的哥哥端木傲仔細想了想，答案：不能。

不能打擊妹妹的積極性，所以，就繼續陪妹妹買吧！

跟著後面沿路觀察的秦肆大略算了算，九小姐昨天賺到的金幣，在這短短一個時辰中，差不多都花光光了耶，而且很可能還不夠。

秦肆一臉肉痛。

九小姐這一買，至少是他一年半的月供金。真是……

太敗家——不，太會買了！

身為護衛，不能批評主人家的。

而且身為四少的護衛，在四少什麼都沒說的時候，他就算再有意見還是只能跟在九小姐和四少身後，當個默默的護衛，繼續見識土豪九小姐的土豪行程。畢竟，四少都沒意見，他當然更不能有意見。

終於，城南區逛完了。

「我買好了！」端木玖這才大概滿足地回過頭，看著默默跟著她的三個男人：「你們都沒有什麼想買的嗎？」

「沒有。」端木傲搖搖頭。

「我也沒有。」夏侯駒想到她買下的東西，一半好奇、一半覺得很有趣。

秦肆也搖搖頭。

「乾糧也不用嗎？」端木玖記得沒錯的話，從天耀城到帝都，就算搭車隊也要走三天，他們打算三天都不吃嗎？

「三天的時間並不長，修練一下就過去，並不需要吃——」看見自家妹妹軟萌萌的表情突然皺了一下眉，有點不滿意又有點擔心的樣子，端木傲立刻改口：「還是買一點好了。」

端木玖一下就笑了。

端木傲立刻丟了一個眼神給秦肆，秦肆秒懂，立刻轉身奔向小吃鋪。

「順便多買我一份。」夏侯駒只來得及對著秦肆的背影補上一句，然後繼續觀察這對兄妹相處。

小玖很有趣。

身為皇子又長年在外歷練的夏侯駒看過不少和小玖外型類似的女魂師，但絕對沒有一個女魂師會在他面前吃這麼多、又買這麼多，而且對他一點別的意思也沒有。

從頭到尾，小玖對他的態度，就是平常的不能再平常，甚至連一點點對強者的崇拜都沒有。

而端木傲，就更有趣了。

認識他這麼多年，誰會想到嚴肅冷硬的阿傲也會有心軟和不冷硬的時候啊！端木家四少，可是連自家人犯錯時都不講情面的。

結果現在對小玖這麼縱容、這麼包庇——

這種重視小玖的態度，跟某人實在是很像。

「喜歡吃的？」端木傲問。好像昨天晚上，小玖也買了不少吃的，再加上今天買的……儲物手環夠放？

還是儲物手環的空間大部分都用來放吃的了？

端木四少一時有點擔心了，完全沒發現自己腦補得有點遠。

「喜歡！」端木玖立刻笑咪咪的表情，讓端木傲臉上的神情，不自覺就柔和了一點。

「喜歡就好。」他摸摸她的頭。

端木玖正好也摸著懷裡小狐狸的頭。

這大摸小、小摸更小的頭……夏侯駒差點看得當場笑出來，趕緊輕咳兩聲，掩飾一下。

「北御前，有好好照顧妳吧？」端木傲打量著她。

其實他比較想問的是：北御前真的有好好照顧她嗎？

雖然不懷疑北御前對小玖的維護之心，但是小玖長得瘦瘦弱弱、個子又嬌小——身高只到他胸口。

矮。

這實在看不出有被照顧得頭好壯壯的模樣。

端木傲直接把自家小玖昨天晚上表現出來的武力值給忘了，也忽略了身體好不好，跟個子嬌不嬌小其實不一定有關係的重點。

「北叔叔把我照顧得很好。在西岩城的時候，他平常就會買很多吃的放著，不會讓我餓到。」這是實話。

在北御前眼裡，是自己可以少吃幾頓，也不會讓小玖餓到一頓的。

四哥那個表情她懂了。

她：矮。

好……吧，就算現在她的確個子不高，但、是，她還會長的好嘛！還會長——高！

再說，身為一個「武師」就算外表很嬌小，也不等於實力就、很、小！

賭上北叔叔替她特訓、她自己上輩子的武力值、再加上師父「好歹」傳授的劍訣，就算她現在還沒有練到最好，但也不是隨便會被打倒的。

至於魂師這回事……端木玖是在師父懷疑又傻眼的神情中，就決定忽略它了。

她現在比較好奇的是：

「四哥，你們平常都不吃東西的嗎？趕路的時間，就是用來修練？」

「地階以上，在修練中，至少可以三天不吃東西；到了天階，在修練中，可以七天不進食。」

修練是不能放鬆的事。

尤其當修階愈高，要提升便愈困難，能多一分時間修練，就是多一分實力；像搭車隊這種純粹趕路、消耗時間的時候，如果沒有其他必要的事，當然就是修練。

這對每個魂師來說都是很正常的事，不過端木傲想到小玖小時候的狀況，他不自覺軟了語調，又多說了一句：

「不過，妳想吃就吃，不用和我們一樣。」

「噢。」端木玖抱著小狐狸，乖巧地點點頭。

原來天魂大陸的魂師們都習慣修練修練著就不吃東西的，她懂了。

但是，這樣人生會少了很多樂趣呀！上輩子她當了很久的工作狂，這輩子除非必要，她還是不要學這個好了。

邊想著還邊自己點點頭，還順便拿了一塊肉乾餵小狐狸。

「這個給妳。」想到剛才端木玖的「掃貨」，端木傲沒有問她還有沒有金幣、或是教訓她買太多，而是把準備好的小錢袋遞出去。

「不用，我還有——」端木玖才搖頭，右手掌就被拉住，放進一個小錢袋。

「拿著。」哥哥給的，妹妹收下，理所當然。

「四哥……」端木玖愣了下，就笑著把錢袋收到儲物手環裡。「謝謝。」

除了北叔叔和六哥，以及她沒見過面、但是留給她一堆財產的父母，他是第一個給她零用錢的人呢！

這就是「哥哥」呀。

「不用謝。」端木傲嚴肅臉。

端木玖的回禮是：從儲物手環裡拿出一包肉乾，塞到他手裡。

端木傲臉色不變的把肉乾收進自己的儲物戒裡。

「我沒有嗎？」夏侯駒一看見肉乾，立刻出聲。

這個袋子很像傭兵小鎮上那個很會烤肉的攤販用的，他記得很好吃。

端木玖一聽，眨了眨眼。

「不是要修練，不需要吃嗎？」剛才說過的。

「那是妳四哥這個修練狂人才會做的事。」夏侯駒立刻撇乾淨。

秦肆匆匆回來正好聽到這一句，直覺說道：

「夏侯皇子，我記得你以前和四少比試過，誰閉關的時候不吃東西可以撐得比較久。」

端木傲、夏侯駒：「……」

兩人一致忽略了上一句話。

端木玖眼神亮晶晶地看著兩人。

一本正經、一絲不苟的四哥，也做過這麼中二的事喔！

「時間差不多了，我們去傭兵工會吧。」就算很生硬，端木傲也是一本正經把話題轉過去了。

「沒錯，我們快走吧。」夏侯駒立刻附和。

兩人一致的心聲：那麼傻二的事，就不要再提了。

「好吧。」作為一個體貼的妹妹，端木玖決定，就不翻哥哥的黑歷史了。

耿直的秦肆：「……」被忽略的感覺，太心酸。

◈

一大早的傭兵工會，照例人來人往，無比熱鬧。

不管是領取或繳交任務，販賣歷練所得或是採購傭兵用品，傭兵的登記、註銷，以及各種交流……等等事務，無一不需要在工會辦理。

所以全天魂大陸，不管是哪座城的傭兵工會，就沒有一天是冷清的時候。

而且傭兵工會所在的外觀特色也很明顯。

在城南區，你所能看到的那棟最大、最顯眼的屋邸，一定就是傭兵工會。

天耀城也不例外。

所以遠遠的，端木玖就看見傭兵工會了。

在一片只有兩三層樓高的連棟屋樓裡，突然蹦出一棟獨立的、有五層樓以上高度的大豪宅，這種建築物能不明顯嗎？

幸好傭兵工會的建築不走豪華風，而是低調的沉穩風格，不然，一座很土豪款的傭兵工會，會讓端木玖很想偷偷敲掉它的。

而在傭兵工會門口，遠遠看見他們四人的某人，昏昏欲睡的表情立刻一變，邁步精神奕奕地走向他們。

「四少、九小姐，你們終於來了。」

看見他，端木傲、端木玖、夏侯駒、秦肆臉上都是一副：「你怎麼在這裡？」的表情。

有點嫌棄。

但是這麼點嫌棄，怎麼嚇得退一個拚著整晚沒睡、撐著早上不補眠，硬是從人家工會大門還沒開就守在門口，等到現在的男人?!

在很多時候，作為一個長老級的人物，臉皮都是很厚的。

「四少，不高興見到我？」

「正長老怎麼在這裡？」任何一個正常人，就算心裡很不高興，這個時候也不會直接說出來吧。

「這個嘛……唉！」大大嘆了口氣。「我家的少爺和小姐不告而別，讓本長老心裡非常惶恐，深怕是自己怠慢了，讓少爺和小姐心生不滿，所以特地趕來這裡，等著少爺和小姐，親自賠罪。」

端木傲等四人：「……」信你才怪！

「不信啊，好吧。」這表情太直白了，讓端木正想再裝傻都不好意思。「事實是，九小姐，妳還欠我一場比試，偷溜賴掉太不道德了！」

端木玖眨了眨眼。

正長老外表一臉端方正直樣，想不到那根本騙人的；一臉正直的瞎扯胡說才是真個性啊。

「我有欠你？」

「當然。」沒有也要說有。

「證據呢？」

「……他！」想到自家徒弟跟著，立刻抓來當證人。

端木洋一臉懵，然後是暗暗無奈地瞥了自家師父一眼。

師父啊，這麼明晃晃的誣賴九小姐真的好嗎？

「我也有證人。」端木玖也不辯解，立刻把身邊三個男人拉過來，然後很嚴肅地告訴端木正：「我有三個證人，比你多。」

他們可以證明，我根本沒欠你。

所以，根本沒這回事。

端木正：「……」竟然還有這種答法。

早知道要比證人多他就應該把府裡一千守衛們全帶過來了，真是失策！

「那麼，正長老，我們走了喔，不用相送，再見。」端木玖笑咪咪地朝他揮了揮手，就拉著端木傲要進工會去了。

「等——等。」端木正擋住端木傲，對端木玖說：「玖小姐，既然您的身體已經康復，所以，依據端木家族的規定，您需要再重測一次天資、或者直接測等級也可以。」

從昨天晚上到剛才的遭遇，這麼痛的領悟，讓端木正深切體認到再東扯西拉、動之以情、曉之以理下去，他一樣達不到目的的。

因為，九小姐比他更能東拉西扯、還之以情、辯之以理呀！

於是為了他不要繼續像昨天晚上一樣被鬱悶到，這次他決定直接講清楚說明白了。

「九小姐，測天資是每個家族子弟的義務。」

「沒聽過。」

「怎麼會沒聽過?!每個端木家子弟從小熟讀的家規裡明明有寫。」

「我沒學過。」好無辜的表情。

「……」對喔！他竟然忘記九小姐小時候是根本沒讀書沒聽教導的，所以理所當然不知道家規這東西——

「不過，我可以答應你去做測試。」端木玖說道。

「答應……九小姐答應了?!」這驚喜來得太快，端木正傻了一下。

「嗯，答應了。」端木玖很善良地重複一次，看他的眼神很同情。

正長老是沒睡飽智商退化，還是沒睡飽耳朵不靈光了，這麼遲鈍的反應，一點都不像端木洋口中聰慎果決、實力強大的正長老啊！

「呃、呃，就測九小姐現在的實力等級就好。」端木玖這麼好說話，讓端木正非常不習慣。

他本來已經想好，要是九小姐沒點頭，他就繼續背族規，讓九小姐聽到不得不答應為止，結果九小姐一點拒絕的意思都沒有。

所以他準備好的說服備案一二三四種，完全無用武之地，真是讓他一時之間悲喜交集。

不知道該感動還是該心酸。

「好，那你給我五金幣。」

「什麼？五金幣?!」端木正瞪眼。

「沒報酬的事做起來太虧了呀！你身為長老，不能讓年紀小的我虧本，所以，你給我五金幣，當成測試等級的報酬；因為你是長老，所以我特別只象徵性地收了五金幣喔！請不要賴帳，謝謝。」直接伸出手。

「……」他就知道，沒那麼便宜的好事。

但是身為長老，就不跟她計較區區五金幣了，還是直奔重點才重要，免得九小姐臨時又改變主意，那他會很鬱悶的。

為免夜長夢多，五金幣立刻給！

被端木玖抱著的小狐狸，不太滿意地用爪子撥了撥她手裡剛剛收下的五金幣。

才五金幣。

多賺的，我們不能太貪心。

為什麼答應他？

如果拒絕，正長老可能會一直把族規唸給我聽，會很煩的。而且，反正端木家總會知道的。

雖然很想直接忘記，但是魂階就在那裡，就算真的忘記也改變不了事實；而端木玖，是很能接受事實的。

他們看不起妳，我燒了他們！

區區一個世家，牠一把火就夠。

不急。得等到了帝都，說不定還會發生更好玩的事，我們可以慢慢玩。

好吧。

小狐狸趴回她懷裡，端木玖摸了摸牠，才抬起頭：

「正長老，現在，要回家族作測試嗎？」

「不用，工會裡有測試石，在這裡就可以測；如果九小姐有傭兵身分或現在註冊為傭兵，測試費用可以打折。等級夠的話，傭兵等級也可以直接升等。」端木正順便介紹傭兵工會的基本常識。

「另外，在工會作測試，測定魂階後，工會會發給測試者一枚相應的徽章，這枚徽章受天魂大陸公認，無論到哪裡都適用；魂階愈高者，也可以得到更多的禮遇。」

「正長老對傭兵工會很熟呀？」小玖一邊聽著，抱著小狐狸跟著端木正走過大廳，沿路不時看到有人跟端木正打招呼，然後再從左側內門轉往另一邊的接待廳。

寬敞的工會大廳，是最多傭兵們交流的地方，也是工會發布任務、傭兵們接繳任務的地方；而大廳內側左右兩邊，另開兩道門，通往不同的接待廳。

右側，是傭兵們售買物品的專門地點。

另外，右側廳除了工會收受物品以外，還闢了一個專供傭兵們使用的交易區，只要向工會繳交一點場地租費，就能臨時擺攤銷售。

左側，則是測定魂階的專門廳。

比較另外兩廳，這裡算是工會中人數最少的地方，不過也排了二十幾個人等候測試。

端木正立刻進入等候區排隊，然後一臉懷念地說道：

「還沒當長老之前，我也是常做傭兵任務的。做任務、交朋友，那是一段很美好的歲月。」

「而且天天有架打。」端木洋默默加了一句。

端木傲、夏侯駒、端木玖、秦肆：「……」噗！

四人一致望向端木洋，眼神明白寫著：

因為天天有架打，所以是美好的歲月？

「嗯。」端木洋點頭，沒錯。

四人的眼神再望向端木正，內心各種猜測：

打架修練？

打架像吃飯？

過動症？

會打架才能當上長老？

「有你這樣拆師父台的嗎？」端木正瞪徒弟。

「師父，我是幫你補充說明。」正直。

「謝、謝。」但不必好嗎？

「不客氣。」作為徒弟，體察「師」意是應該的。

端木正：「……」他是做了什麼孽視力得多模糊腦袋得多不清楚才會覺得收這個徒弟絕對是他一生之中做過的最明智決定之一？

再仔細想想，收徒那天他好像有喝了點兒酒……

端木正第一次體會到搬石頭砸到自己腳的感覺。

「師父，輪到我們了。」端木洋提醒道。

端木正轉頭一看，才發現他忙著瞪徒弟，一時忘了自己正在排隊，立刻端正表情，看著站在櫃台裡的工會人員。

排在他前面一個作測試的人，一領到自己的三階魂師徽章，就退到一邊高興

去了。

負責作測試的工會人員作好登記後，一抬起頭，表情有點錯愕。

「正長老，你……您要測試？」身為傭兵工會的人員，當然不會不認識本城的主要大人物之一——端木正長老。

但是以端木正長老這把年紀和實力，不用測試了吧？

在天耀城裡，他「靠臉」就可以，不必用徽章了。

「不是我，是我家九小姐。」端木正示意端木玖過來這邊。

工會人員一聽，很八卦的立刻想起來關於端木家九小姐的傳說。

「九——小姐？」是那個九小姐？

雖然工會人員說話沒有很大聲，但是身為修練者本來耳力就比一般人好，所以還在接待廳的人大家都聽見了。

「九小姐？」有人小小聲地說。

「是那個端木世家九小姐？」她不是……傻子嗎？

雖然「傳說」已經過去很久了，但是作為大陸三大魂師豪門之首的端木世家，難得出了個這樣的嫡系後代，讓人只要一聽過，就很難再忘記。

雖然在十年前，因為九小姐被驅趕到西岩城，所以就再沒聽說過她的消息。

但是沒有新的消息，也擋不住另外兩大世家的人不時會提起舊消息呀！以至於過了十年，大家對「端木家九小姐」的傳聞依然記憶猶新。

完全符合那句話：九小姐不在帝都，但帝都到處充滿她的傳說。

「端木家，只有一個九小姐。」端木傲沉聲說道。

他們說到「九小姐」的那種語氣，讓端木四少覺得不爽。

「端木四少好。」工會人員肅然，然後恭敬地說：「九小姐——」在哪裡？在——他竟然到這時候才看到人。

她就在正長老身後、端木四少身邊啊！

不只是他，其他人也一樣。

而且一看清楚站在端木傲身旁的人，眾人只感覺一陣驚豔。

不是美豔奪人的那種驚豔，而是一種比較精緻的，就是覺得她很好看的那種驚豔。

一個穿著水藍色武士裝，懷裡抱著一隻紅色小狐狸，美目盼兮、巧笑倩兮，俏生生的美少女。

在一群身形高大的男人裡，雖然以她的個子，很容易被忽略，但是一看見她，卻又不禁覺得：這麼顯眼的美少女我怎麼會到現在才看到?!

就連坐在櫃台裡頭的管事抬頭看了她一眼，眼神都因為驚豔而亮了一下。

這麼漂亮的美少女，就算是傻子也沒關係，是美少女就可以了，實力不用好——眾人心想。

看到眾人的表情，身為「看臉」過來人的端木正心裡哼哼：這群以貌取人的小子們！

不過，也有幾個人撇撇嘴，表情不以為然。

不過是長得好、出身世家嫡系而已，有什麼了不起？

在天魂大陸，實力才是一切！

「咳，九小姐，請到這裡來。」工會人員拿出專業素養，很快恢復正常。

就算看呆，也不能呆太久，他還在工作中。

尤其是管事就在他身後，要是呆太久——會被扣錢的。

「我要怎麼做？」端木玖走到工會人員所在的櫃台前，看著櫃台人員拿出測試石。

「請九小姐把手放在測試石上，然後輸入魂力。」

端木玖照做。

一輸出魂力，測試石立刻發亮，端木玖身上隨即浮出魂師印——

「魂師印！九小姐是魂師！」旁觀的人立刻喊了出來。

「原來九小姐能修練，不是廢材呀。」

「不愧是端木世家的嫡系小姐，就是有魂師天分。」

端木家九小姐，即將擺脫廢材之名，而且看起來，也已經不是傻子了。

端木家嫡系子弟，個個天資極高，他們很好奇，九小姐會有多少實力……呃——咦？欸！

「那個……魂師印……」他沒看錯吧？

在場看見的人同時靜了靜。

端木玖把手移開，身上的魂師印同時隱沒。

眾人：「……」

魂師印中心，有一顆星，九角之中，亮了一角。

所以是──

「一星魂師？」旁邊的人立刻望向同伴，他沒看錯沒數錯？

「嗯，一星魂師。」他也看到了。

「一星……魂師？」雖然也是魂師，但是，是最低階的魂師。

「基本上，只要能修練，身上有魂力，就算只修練了一天、身體內有一點點魂力，測試出來就是這個等級。」

所以一星魂師的意義就是：魂師等級有，可以修練。

只證明，你是魂師。

但是論實力，跟沒有一樣。

「噗！一星魂師。」

好「驚喜」！

雖然他們沒有期待九小姐會有很強的實力，但是這種等級也實在是……

「來工會測試的人之中，有出現過這種等級嗎？」有人小小聲地問。

「應該沒有吧。」就他記憶裡：沒有。

「噗……」忍笑。

聽見整個接待的人小聲議論，端木正等人也很錯愕。

但端木傲很快回神。

「是魂師、能修練，很好。」他立刻摸摸她的頭，以行動表示，有魂力就好，等級不重要，她不用介意。

「阿傲說得對。」夏侯駒立刻附和，然後想想——不對。

就算小玖只是一星魂師，但是她現在的武師實力，是可以秒殺天魂師的！

這落差像天跟地一樣，以夏侯駒的定力，也覺得自己需要——靜一下。

這測試結果會不會太詭異了點兒？

「這個測試石過期了吧？」端木正懷疑的看著那顆石頭，一臉很想敲碎它的表情。

「測試石是不會出錯的。」工會人員眼明手快地直接把測試石收起來，一邊在心裡吐槽。

有誰聽說測試石還會過期的啊？又不是吃的。你不能因為你家九小姐測試出來的結果不滿意就誣賴測試石啊！

「噗，一星魂師。」終於有人實在忍不住笑了出來。

「一星魂師能做什麼？連契約魔獸都做不到好嘛……」等等！

眾人的目光，齊刷刷地看向坐在端木玖肩上那隻紅色小狐狸。

「只不過……是隻火狐狸。」跟著一個一星魂師，應該……沒什麼了不起——吧？

「就算只是隻火狐狸，那也是九星魔獸啊。」比他們的魂師等級高多了。

也比九小姐的「一星」高得多多多多了。

「只是九星魔獸算什麼，別忘了，她身邊的那位，根本不會把九星魔獸放在眼裡。」

如果是四少抓來送她的，那一點都不奇怪。

「九星魔獸啊，真好！」出身世家就好，就算只是一星魂師，也能契約一隻九星魔獸。

「九星魔獸啊，我想要……」垂涎的眼神，看著小狐狸——可惜端木家還有其他人在，不然——哼哼。

小狐狸眼神一冷，就要跳出去。

端木玖及時一手抱下牠，安撫了一下。

別生氣。

妳不生氣？

不相干的人而已，不必理會；等他們有膽子站到我面前呱呱叫，再說。

小狐狸突然就不氣了。

也對，連光明正大恥笑別人的膽子都沒有，只敢嘰嘰咕咕學小雞叫的人，的確不必理。

一人一狐完全沒考慮到，他們把別人比喻成鴨子和小雞了，真是比別人小聲的嘰嘰咕咕更過分。

不過，被嘰嘰咕咕果然還是一件讓人不高興的事。我記得上回幫師父找解咒方法的時候，有看到另一篇比較簡單的咒術，如果我希望某些人倒楣……就真的可以讓他們倒楣喔。

小狐狸，我們試一下吧。
小狐狸歪著頭，看她。
就讓他倒楣三天好了！心想，事必不成。
端木玖以神識為標記，送了剛才那些嘰嘰咕咕的人們一句咒語。
「霉運……在我離開後，開始。」
以神識唸完，她體內魂力一空，頭有點暈，小狐狸像感覺到什麼，透過神魂的聯繫將自己的力量，分了一點給她。
暈眩感立刻沒有了，精神還特別好，魂力特別充足。
小狐狸……
小狐狸沒理她，不過她可以感覺得到，小狐狸心情不錯，這才安心。
不過就這麼一恍神的時間，轉回頭卻發現——
站在她身邊的端木傲神情愈來愈冷，幾乎就要忍不住向前打斷那些嘰嘰咕咕，端木玖及時抓住他的手。
「小玖？」
「我是魂師，四哥不高興嗎？」笑咪咪的開心樣。
「高……興。」面張這張笑臉，他能說「不」嗎？
「高興就好。」端木玖笑咪咪地轉向工會人員：「我聽說，測試完等級後，工會會發一枚證明等級的徽章，請把徽章給我。」
「呃，好。」工會人員連忙找找找，抽屜一個翻過一個，但沒有、沒有、沒有。

工會人員尷尬地一笑。

「請九小姐等一下，這裡沒有徽章了，我去裡頭拿出來。」連忙奔進內堂。

「噗！」有人忍不住嗤笑一聲，小聲地說：「第一次看到有人測試出來的等級，讓工會找不到徽章的。」這得多稀有啊！

「噓！」就算你看世家不順眼也不要忘了人家現在一個長老一個少爺再加一個皇子在這裡，別自找麻煩。

端木傲沉著表情，端木正沒理會別人說什麼，只是怎麼都想不通，九小姐怎麼會只是一星魂師啊？

啊！他錯了！他應該讓九小姐測試武師等——

「徽章來了。」工會人員從內室裡又奔出來，將一枚一星魂師的徽章，遞給端木玖。

「這是您的徽章，請收好；以後在工會買賣物品，都可以依徽章等級得到不同的優待。如果晉級了，也請不要忘記重新測試，換一枚新的魂階徽章。」工會人員很熱心地告訴她。

這枚徽章真的很珍貴，不但放在倉庫裡徽章存放盒的最底格，而且只有一枚——幸好有啊！

他等會兒一定要向管事建議，請多進幾枚一星魂師徽章吧！

「謝謝。」端木玖收下徽章，然後遞給工會人員一包零嘴。「這個送你。」

「送我？」他做了什麼好事嗎？

「你很有職業道德，眼光也很好，不像有些人，沒道德、沒眼光、沒膽子、實力差、連口才也不好，只敢像小雞一樣在背地裡嘀嘀咕咕說別人；所以，請繼續保持你的良好態度，我看好你成為傭兵工會的最佳服務人員喲！」笑咪咪地說完，端木玖很高興地拉著四哥就離開了。

後面夏侯駒、端木正等人立刻跟著離開。

留下工會人員還有點暈暈乎乎的。

九小姐說的話他沒全聽懂，不過——他這是被稱讚了吧！好高興。

也幸好，沒發生什麼衝突事件啊。抹汗。

雖然傭兵工會不怕人鬧事，但隨便被鬧也是很糟心的，能免則免。

「你不錯。」身後的管事站了起來，滿意地拍了拍他的肩，然後掃了在場其他人一眼，看見大部分人都低著頭不再說話，沒事的人更是紛紛轉身離開。

「我們也走吧，去外面接任務。」剛才發出嗤笑的人突然一臉積極，拉了同伴就走。

「咦，好。」他這麼快就想通啦！

不過，只走沒幾步，就突然聽見「砰」一聲。

還沒離開測試廳的傭兵們全都錯愕地看向他，臉色怪怪的。

這麼大的人，走路還會左腳絆右腳、跌個五體投地……

「沒事吧？」同伴也很錯愕，但趕緊扶起他。

「沒……事。」才怪！

生平沒丟過這種臉，他的臉不想抬起來了。

「我們走吧。」快扶他走！

「哦，好。」同伴趕緊將他扶離測試廳，然後火速接了幾個低階任務，又扶同他趕緊離開傭兵工會。「你還好吧？」

右臉趴地的結果，是右臉到現在還紅通通。

「沒事，我們先去找歐陽家和公孫家的人。」跌倒而已，沒什麼，這種小事不用再提，可以忘了。

「找他們做什麼？」

「三大世家互看不順眼，我想，關於九小姐的最新消息，他們一定很樂意用幾枚金幣買的。」每次有大任務，跟世家合作完成任務，在分戰利品的時候，他們這些沒背景的傭兵們總會吃虧，現在，就算是挖點利息回來了。

至於這個消息會不會再度轟動帝都——呵呵，如果可以讓三大世家吵一吵，那就太圓滿了。

作為被剝削過的小傭兵表示：看見世家過得不開心，他就開心了。

這樣好嗎？

同伴有點遲疑，結果就又聽見——「砰」一聲。

好熟的聲響！

但這次不是跌倒，是撞到工會門口的柱子了。

「嘶——」痛得倒抽口氣。

同伴：「……」他覺得，他們最好不要去找什麼世家的人，直接回家比較安全！

第三十六章　天魂大陸最受崇拜的職業

「九小姐……這個……很抱歉。」一離開傭兵工會，端木正就摸著自己的後腦勺，期期艾艾地開口。

「抱歉什麼？」端木玖疑惑。

「我要妳測試魂階，結果害妳被笑了。」他真沒想到會是這種結果。

其他人也看著她，表情關心。

「是我同意去測試的，長老不必覺得抱歉；被笑幾句而已，不是什麼大事。」

端木玖一點都沒放在心上。

「九小姐真的一點都不介意？」

不管是任何人遇到剛才的狀況，都會不高興或傷心的吧！

但是看九小姐一臉坦然還微笑……好像真的不介意。

「為什麼要介意？」

「妳的魂階……」很被人看不起的啊！

「噢，這個啊。一星魂師，就一星魂師囉。雖然是個令人悲傷的事實，但想開一點就好了。」

大家：「……」妳心真寬。

這是想開不想開的問題嗎？

「你們不用擔心，我不傷心的。」她安慰他們。

「……」他們是為誰在抱不平啊？

自家小妹（九小姐）太沒有身為魂師的傲氣該怎麼辦？太沒脾氣的人在大陸上很難生存、很容易被欺負的。

「要是他們對妳動手呢？」端木傲很嚴肅地問。

「當然是打回去啊。」她理所當然的語氣。

幸好。九小姐說打回去啊，總算不用擔心她會因為性子太軟而被欺負了。

等等！他們在想什麼，昨天晚上能一劍把魔狼和聽長老一起砍了的人，哪裡會性子太軟？

但為什麼九小姐明明實力足以媲美天魂師，結果測試出來卻是一星魂師?!

問題到底出在哪裡？

「九小姐，那剛剛那些笑妳的人，妳就這樣放過他們？」端木正總覺得有哪裡不對。

「看在上天有好生之德的分上，今天不跟他們計較。」阿彌陀佛。

「……」什麼鬼？

「正長老，隨便打架很累人的。」

會嗎？

「他們沒有惹到我面前，我可以當成沒看見；但如果他們有膽子對我們叫囂，那我一定以天魂大陸的禮儀對待他們。」

「天魂大陸的禮儀？」他怎麼不知道有這個？

「揍扁他們。」

端木正長老終於聽懂了，表情有點扭曲。

「九小姐，其實妳就是懶吧。」

「答對了！」端木玖用力給他拍拍手。「但是很遺憾，沒有獎品。」五金幣也不會還他的。

他不需要，謝謝。

「九小姐，我們還是再進工會一次好了。」端木正想了想，決定再進去一次。

「做什麼？」

「測妳武師的天分。」他竟然忘了同時測這個，真是扼腕！

不過沒關係，現在再進去一次也可以。

雖然會來測試是好奇九小姐的魂階，但端木正更想看到測出來的結果是亮瞎別人的雙眼啊——雖然現在也是亮瞎了，但情況完全不同好嘛！

所以，應該再測一次，讓別人看看他們端木世家的武師天才。

「不要。」

「我可以再給妳五金幣。」剛剛她就是這麼同意的。

「不要。」難道正長老以為每次都可以用金幣收買她嗎？那她得多沒追求啊！

至少要漲漲價吧。

「為什麼？」

「沒心情。」打發似的揮揮手。

……正長老的拳頭很癢，想打人。

端木玖忍住笑，轉頭問哥哥：「四哥，車隊出發的時間快到了嗎？」

「嗯。」端木傲點頭。「正長老，我們先走一步，天耀城就麻煩你了。」

「分內之事，四少放心。但九小姐真的不要再測一次嗎？」端木正不死心地再問一次。

「不要，正長老，再見囉。」端木玖直接對他揮揮手。

「再見。」端木正很失望地也揮揮手。

看著他們四人離開的背景，端木洋有點擔心。

「師父，這樣讓九小姐離開，沒關係嗎？」

「有什麼關係？」難不成他們還能把人強留下來嗎？那也得留得下人才行啊。

「師父，你忘了本家傳令了嗎？」

帝都本家傳來的命令，他們不但沒完成，還讓聽長老被殺，現在又讓九小姐自由離開……

雖然九小姐是要去帝都，但那跟「被帶回」帝都，情況完全不同，對帝都本家那邊，師父要怎麼交代啊？

「什麼命令，我沒接到。」端木正一本正經地說。

「呃?!」端木洋錯愕。

「沒接到的命令，跟我沒關係，記住了吧？」笨徒弟，該裝傻的時候不用太聰明的啊。

端木洋只能呆呆點頭，對師父的機智（無賴）甘拜下風。

端木正滿意，但想到九小姐昨天晚上的那一招身手，他又忍不住大大嘆了口氣。

「唉，真是太可惜了。」

「可惜？」端木洋想了想。「九小姐很有實力，卻不肯測試，反而讓人認定她的天資低，的確很可惜。」

「我可惜的不是這個。」端木正送給自家徒弟兩顆大白眼。

怎麼徒弟一點都沒有學到他的機靈勁兒呢？真是沒默契。

「那……師父可惜什麼？」不會是因為沒打到架還在心酸吧？

「可惜我們不能跟著去帝都，只能錯過一場好戲。」不要以為你家師父看不出你的表情代表什麼意思，真以為你師父就那點出息嗎？

他是很喜歡找人挑戰來提升實力沒錯，但那跟純粹打架是兩回事，兩回事！他的水準是比較高的，高的！懂？

「好戲？」愈說端木洋愈迷糊了，不過師父嫌棄的眼神他看懂了。

原來他誤會了喔，真是不好意思。

可惜這不能怪他沒能第一時間領會出師父的意思，實在是師父愛打架的形象太

深植他心了啊！

要知道，自從他拜師以來所見過，凡是跟他師父第一次見面、實力又被他家師父看上的人，十個人裡有九個半都跟他師父打過架。

端木正看著自家徒弟臉上明晃晃的表情，頓時覺得拳頭又癢了，很想一拳咻過去。

但是好歹忍住了。

他是喜歡向人挑戰，不是喜歡拳打徒弟啊！這差別絕對要明確。

「徒弟啊，腦袋要用啊！」端木正用力拍了一下自家徒弟的肩，很是語重心長。

端木洋滿臉問號。

端木正頓時有種想把徒弟揍回小時候再重新教育一遍的衝動。

深呼吸、深呼吸，不氣、不怒。

就算當時是眼睛被什麼糊住一時不小心收回來的笨徒弟，也是徒弟，就算很不成材也是要教的，要有耐心。

端木正安慰自己，想得心氣順了才開口：

「你應該還記得，九小姐是被召回帝都的吧？」見徒弟點點頭，端木正又繼續道：「九小姐，絕對不是一個會乖乖聽話的人，帝都那些人想打她的主意，只怕最後……還不知道是誰打誰的主意呢！」

以前的端木玖是傻子，幾乎是任人欺負。

但痊癒後的端木玖……可連一點虧都不吃。連做個測試，都從他這裡要走五金幣。

現在想想，九小姐去測試魂階，該不會也是故意的吧！錯誤的訊息，會導致錯誤的判斷。

帝都那些人要是知道了九小姐的魂階……呵，呵，呵。

想到帝都本家可能會出現的好戲，端木正又一次扼腕極了。

「真是可惜……端木聽長老怎麼就不能聰明一點呢？」連偷襲都偷襲到被砍了害他不能回帝都。「本家那些眼神放在頭頂上的長老們可能會被九小姐氣得連鬍子都翹起來，這種場面多有趣呀！為什麼我看不到呢……」

簡直讓他惋惜的想捶胸頓足，整個人都不好了！

端木洋聽得好一陣無語，師父，你這是唯恐天下不亂啊。

◈

空中，一列飛鷲馳翔而過。

這是由天耀城出發，前往帝都的車隊。

從傭兵小鎮到天耀城，搭車隊行走，單程只需要半天的時間就可以到達。

但從天耀城到中州最繁華、最多高手聚集的帝都，距離何止萬里，而且橫亙在兩城之間的地形，不是平原，而是一片沒有城鎮的丘陵樹海。

「由地面上要行走過這片樹海，就像通過西星山脈一樣，樹海中有各種魔獸盤據、也有不同的險地；行走其中，只能步行，中途也可能遭遇各種狀況，不但耗時，而且危險。

「為了能加速兩城之間通行，商會特別捕捉比較溫馴且負重量大的飛鷲作為運行工具，從空中飛行通過這片樹海，縮短了兩地來往的時間。

「但即使如此，從天耀城到帝都，以飛鷲的速度也需要三天的時間。

「在大約飛行一天半後，飛鷲會到達樹海中央的冒險者營地，休整兩個時辰後，再繼續飛往帝都。」坐在車廂中的包廂間裡，身為哥哥的端木傲，特別說給妹妹聽，補充她的生活知識。

之所以會這麼多話，完全是因為端木傲已經意識到，他「剛清醒」的妹妹，是很缺乏生活常識的，需要時時補充。

夏侯駒坐在另一邊，吃東西的同時，也特別介紹道：

「飛鷲拖行的車廂是商會委託煉器師公會煉製，特別減輕了重量、加強平衡性，同時加固防禦功能。

「車廂的高度雖然只有四尺高，但在飛行時，上方會自動開啟同樣四尺高的透明防護罩。」

之所以設計成透明防護罩，而非實體車廂，主要有兩個因素：一是減輕車廂重量；二則是為了安全性。

從空中通過丘陵樹海，並不代表就一定安全。

防護罩除了防風雨之外，也隔絕了大部分的聲音，不過最主要的用途，還是為了預防飛行類魔獸的攻擊。

而透明性，是方便所有在車廂裡的人知道外面的狀況，萬一商會的人無法擊退來襲的魔獸時，乘坐車廂的人也可以隨時應變。

「在外行走，沒有什麼是絕對安全的。即使搭車隊，一樣要保留警戒和防範，以免在遇到危險時措手不及。」這段話，完全是端木傲在傳授經驗。

端木玖坐在車廂內，抱著小狐狸聽完兩個「熱心哥哥」的介紹，然後好奇地打量過車廂，再透過透明的防護罩往外看。

這種「飛」的情況，跟前世搭飛機差不多。

只不過，飛行的高度沒有飛機那麼高、飛行的平均速度比飛機慢了那麼一點點，但透明防護罩所可以提供的視野，可比飛機上的小窗口大多了。

即使坐在座椅裡，只要一抬頭，空中的雲彩、與地面上的樹海景觀，就可以完全納入眼裡。

「很方便。」

雖然天魂大陸不存在工業科技化，但是這樣的設計，一點都不輸給前世的科技；某方面來說，還更進步。

至少，飛鷲很環保。

完全沒有燃料廢氣之類的問題。

「這個車廂，應該不能永久使用吧？」

「嗯。聽說一個車廂的平均使用次數，大約是五百次。」端木傲回道，然後眼神奇怪看著她：「妳怎麼想到問這個？」

通常第一次看到這種車廂、又搭這種車隊的人聽到介紹後，都是讚歎車廂的便利和煉器師的高明，沒有人會去問車廂可以使用多久這種問題。

「猜的。」小玖笑咪咪地回道。

這種車廂，的確很便利，想法也很先進。

不過以一個煉器師的眼光來看，這種煉製的手法是很……基礎的，用的煉材不算太稀有，耐用程度沒有它看起來那麼高。

「這個車廂很貴嗎？」她又好奇地問。

「很貴。」夏侯駒點頭。

「多貴？」

「要買這種車廂，除了要花費許多錢財之外，主要還是因為商會也答應了煉器師公會提出的條件，煉器師公會才肯幫忙煉製。」所以，不是只有金幣的問題，主要是兩方勢力間的合作條件。

「這車廂很難煉製？」她一點都看不出來啊。

夏侯駒卻點點頭。

「很難煉製，聽說必須是四星煉器師才能煉製。」

「四……星？」端木玖再看一遍車廂。

這個車廂的煉器手法，在師父的筆記裡評價應該是屬於：「不具有技術含量」

的那種。

這真的需要四星煉器師才能煉製？

夏侯駒以為她不知道煉器師的等級，所以特別解釋道：

「煉器師，以煉製出的魂器等級，作為煉器師的評斷標準。而魂器，又以本身具備的功能作為區分的等級。

「一到兩種功能，稱為一星、二星魂器，對應的煉器師，便是一星器師與二星器師。一至二星的魂器，是任何人都能使用，不需要認主。

「能煉製三星以上的魂器，才算真正的煉器師，又特別被稱之為『魂器師』，因為三星以上的魂器，必須要滴血認主才能使用。」

被認了主的魂器，除非前任主人不在了，或是後來者的實力大於前任，能抹除魂器被下的認主印記，否則就算拿到魂器，也是無法使用的。

端木玖點點頭，表示聽懂了。

「小玖對煉器有興趣嗎？」端木傲問道。

「有。」

端木傲想了想：

「在本家之中最精通煉器的，是二祖父；妳有火狐狸，回本家之後，可以到二祖父那裡學習。」只要二祖父答應教她煉器，那麼本家之中，就沒人敢輕易打小玖的主意。

「呃……」端木玖眨了下眼，大概猜到他的意思，瞬間覺得四哥為她著想

的……好多。

比起一開始她不太想認四哥的態度——太對比了，她好無情無義！

想搗臉。

「不用擔心，二祖父並不難相處。」以為她在擔心，端木傲語氣雖然平淡，但這是很認真在安慰她。

作為有點面癱的哥哥，對「安慰妹妹」這個新技能，端木傲表示：還在學習中，但是現在應該有進步。

「我、我不擔心這個，我只是在想……二祖父是誰？」怎麼好意思告訴四哥，其實她正在心虛反省呢！

對於端木世家的印象，除了本身的記憶，就是來自北御前。

北叔叔從來沒有提過這個人。

端木傲一聽，頓時沉默三秒鐘。

「二祖父，是現任家主、也是我們的祖父的弟弟，同時也是本家之中等級最高的煉器師，在家族的地位很特殊；他說的話，就連我們的祖父，都不會輕易反對。」這是重點，有聽明白吧！

「喔。」端木玖遲疑地點了下頭。

聽說四哥的個性非常正直，最討厭陰謀算計。

他現在……應該不是在暗示她要好好的和二祖父相處、然後讓二祖父護著她吧？

「記住，要尊重二祖父。」端木傲重點提示。

「嗯，記住了。」端木玖乖巧地點點頭。

內心則是：是誰說四哥很正直、不會拐彎抹角的？出來，她保證不生氣，只揍他一拳意思意思。

雖然她能感覺得到四哥在為她著想，希望她回端木家，也希望她在本家過得好；但有點糾結的是，她對回端木家沒有太大的興趣，而且，也不打算順從端木家的意思。

這樣四哥會不會很失望啊？

「這是一個好辦法。」夏侯駒神情一亮，一聽就猜到端木傲在想什麼，不過他沒有像小玖一樣想揍人，而是很好奇，一板一眼的阿傲竟然學會變通和用計謀了，真是……大有進步。

夏侯駒進一步說道：

「煉器師，在天魂大陸是很受推崇和尊重的職業。大陸上的煉器師比魂師的人數更加稀少，有成為煉器師天分的人，在一千名武師和魂師之中，都不一定找得出一個，所以煉器師很珍貴；一旦成為煉器師、加入煉器師公會，就受公會保護，各方人馬都不敢輕待。

小玖，雖然我不知道妳有沒有成為煉器師的天分，但是至少，要成為煉器師的先決條件，妳已經有了。」

「先決條件？」該不會是指──她低頭看向睡在自己懷裡的小狐狸。

「就是牠。」

果然。

「牠是妳的契約魔獸，牠的天賦技能，妳也同樣能使用；作為天生能用火的魂師，不試著學煉器太浪費了。」

見過火狐狸一把火將端木聰給燒了的情景，他們完全把小狐狸當成火狐狸了；並且認定這隻狐狸的火很強大。

雖然自身修為太低，能使用的魔獸技能也很有限，但就算現在小玖只是一星魂師，她總會晉級的。

到時候對火焰的控制力就會漸漸強大了。

「回本家後，我就帶妳去見二祖父。」端木傲說道。

「我……」端木玖正要開口，就發現飛鷲的速度慢了下來。

「快到冒險者營地了。」夏侯駒朝外面瞄了一眼，說道。

飛鷲的飛行高度開始下降。

端木玖往下一看。

在一片綠油油的樹海中，竟然出現一處土沙的色彩，那是泥地。

雖然中央有個小湖，不過在這片範圍內的泥地，基本上是平坦的，樹木很少、視野遼闊，適合紮營。

飛鷲帶著車廂很快落地，四平八穩得讓人完全感覺不到震動。

這種平衡感，真是厲害了。

當防護罩撤下，一陣強風吹來，喧嘩的人聲也傳了過來，坐在車廂裡的人一時都有些懵。

這種熱鬧的程度，完全不輸一座大城市啊。

強風呼呼地吹著，等坐在車廂裡的人紛紛走下來，這才發現，這個冒險者營地有多大。

不僅四周各自坐滿許多冒險者，而且小湖的另一端，又有一列飛鷲落下，顯然也是來這裡暫停休整的。

這個圍著小湖的冒險者營地，至少可以同時容納數萬人以上，比上回在西岩城外的山林裡見到的營地更大。

「這裡還有別的車隊？」有疑問，端木玖直接看向四哥。

「那也是商會經營的，不過是從別的城而來。在帝都以南的城鎮要前往帝都，都會經過這座樹海，在到達帝都之前，通常會在這座由商會經營的冒險者營地休整，然後再前往帝都。」端木傲解釋道。

「為什麼要休整？」作為一個「天魂大陸生活常識嚴重不足者」，端木玖開始發揮不懂就問的精神。

飛鷲就算再低階，身為魔獸，其耐力和飛行力都不是可以用一般飛鳥的標準來衡量。

就算有負重，連飛三天也不算是難事。

端木傲很有耐心地幫自家小妹解惑：

「從這裡再出發，飛鷲車隊會直抵帝都。帝都的主要的出入城門有四個，其中有兩個幾乎是世家專用，一般人不會在那裡進出；另外兩個城門就沒有這種現象。

「在這裡休整的時間，其實是給商會和冒險者們交流物品的機會；等再出發的時候，可以依照自己打算要去的城門搭車隊。」

帝都常駐居民超過三千萬，每天在帝都來往流動人口比常駐居民更多，至少是倍數以上，因此腹地廣大，城門與城門之間距離非常遙遠。

就算鄰近的兩個城門，坐馬車也至少得跑上一個時辰才會到，所以要從哪個方向入城，最好一開始就決定好，否則就算到達帝都，想要換個門進出、再加上龐大的排隊量，從天亮等到天黑都進不了城都是正常的。

在這裡休整換隊伍，也是提供給大家便利。

而且如果原本在這裡停留的人想回帝都或是去其他城鎮，也可以搭車隊的飛鷲走。

簡單來說，這個冒險者營地就是個小轉運站中心。

從各個城鎮來的人匯聚在這裡。

再從這裡散向各個城鎮。

「商會，真會做生意。」車資賺好大。

「那倒不一定。」夏侯駒搖搖頭。「其實經營車隊，光是商會要付出的各種人力物力，就不是那些車資可以回收得來的。之所以虧本還經營，一來是提供便利，二來，也是有這些交易營地收入作補貼，才能支撐車隊的經營。」

端木玖一聽就懂了。

簡單比喻，就是團費低、消費來湊。

「商會，真會做生意。」再一次讚歎。

這開源節流的方式，真是厲害了。

不過做生意端木玖沒興趣，但是買東西就有了。

「四哥，可以去交易區逛一下嗎？」她眼神亮晶晶地問。

從一下車廂她就注意到了，沿著小湖周圍，有好多像一群又一群的冒險者，或是像他們一樣中途休整的人在休息。

其中有一區特別搭起露天的棚子，裡頭有許多小販與物品擺賣、還有熱騰騰的食物。

好想去挖寶！

「當然可以。」在這種期待的眼神注視之下，他能說不嗎？

於是一行四人就往交易區的方向走去。

「小玖，在樹海的交易區，別的東西妳可以不用多看，」因為一定比別的店鋪貴一倍以上。「但有一個東西，是樹海裡才有的特產，夏侯大哥請妳吃。」

「吃的？」端木玖一臉好奇。

「不用，我帶小玖去買就可以。」端木傲拉過妹妹，立刻往交易區去。身後不用吩咐，秦肆當然跟著一起走。

他的妹妹，當然不用讓別人請客；他這個哥哥還在呢！

夏侯駒愣了一下，就噗笑出來。

「只是請吃東西而已，不用拒絕吧。」阿傲這是覺得自己當哥哥的工作被搶了？吃醋了？不高興了？

「我的妹妹，我可以養。」端木傲很嚴肅地回道。

夏侯駒追上三人。

「我請的不是你，是小玖。」不理會哥哥癮爆棚的端木傲，夏侯駒轉向小玖：「小玖，吃了好幾次妳給的東西，讓夏侯大哥回請一下吧！」

「好啊！」端木玖回得很乾脆。

端木傲冷臉，瞪了夏侯駒一眼。

「小玖，不能隨便吃別人請的東西，這樣很容易被壞蛋拐走的。」

被當成無知小孩的端木玖：「……好。」

「阿傲，我是壞蛋嗎？」有什麼比被好友黑了名聲要來得讓人心痛？

「我只是教小玖不能隨意吃別人給的東西。」敢搶他當哥哥的工作，就是壞蛋。

「我不是別人——」夏侯駒說到一半，突然住了口，拉了端木傲和端木玖、秦肆等，早早停下腳步。

端木玖抱著小狐狸，發現身邊的三個男人臉上放鬆的表情都收起來了，只剩下滿臉淡漠。

然後看著一群人討好地圍著七、八個人，將他們拱進交易區裡。

而且其他人也都停在好幾步以外，沒人搶著進交易區。

等他們都走進去好幾十步了，才有人繼續往交易區裡走。

「四哥、夏侯大哥，你們認識他們？」而且看樣子，不但認識、遇到了還得讓著，包括其他人也一樣。

這幾個人，有那麼高貴？

「陰家的人。」秦肆低聲說道。

「陰家？」

「不是三大世家，但某些時候，別人對他們的推崇，比對三大世家或皇室更高。」夏侯駒說道。

「為什麼？」

夏侯駒對她笑了笑。

「因為，他們是煉器師。」

第三十七章　惡補常識

七、八個煉器師。

被十幾二十幾個人拱著、討好著。

其他人，見則避讓。

這種待遇，簡直堪比帝王出巡。

「這個樣子，在天魂大陸是正常的嗎？」端木玖再確認一次。

端木傲、夏侯駒、秦肆：「嗯。」點頭。

至少近百年來，是正常的。

現在，小玖應該明白他們的意思了吧？

端木玖：「……」很明白了。

難怪他們那麼鼓勵她一定要去學學煉器。

「原來當了煉器師，就可以當螃蟹了啊！」

三個男人一聽，同時呆住。

「螃蟹？」他們沒聽錯？

「嗯，完全橫著走啊！」而且豈止橫著走，簡直是自帶震懾，就算前面滿滿都是人擋路，但遇到他們，擋路的人也會自動退散的。

「……咳。」想到煉器師等於螃蟹，就算是端木傲這個常年面癱患者，也差點忍不住破功。

「噗！」夏侯駒和秦肆是忍不住笑出來了。

「不過，只要是煉器師，都像他們這樣嗎？」

「當然不是。」端木傲搖了下頭。「煉器師雖然很受推崇，但其他人會避讓，主要還是因為，他們是陰家的人。」

「陰家，論實力、論人數，在世家之中，可能連三流都排不上。但是這些都比不上一個事實：陰家，是罕見的煉器師世家。」夏侯駒說道。

因為這一點，近十年來，陰家已經默默擠進二流世家的排行，一步步朝三大豪門邁進。

不僅如此，就算是在煉器師公會裡，陰家也是很有地位的。

一個煉器師，就讓人不太想得罪。

更何況，那是一個家族、還可能外帶整個公會呢！

就算是全大陸最有實力最厲害的高手，也不會輕易去惹這種人。

當然，這也不表示陰家就真的可以在大陸上橫行無阻、毫無顧忌。避讓，並不是示弱。

只是大家不願意多惹麻煩而已。

「小玖，看他們的衣襬下緣，有一個紅色的火爐標幟，那是陰家煉器師的特有標幟。」端木傲拉著妹妹，仔細說道。

所以，不認識人沒關係，認標幟就好。

「我記住了。」端木玖只以神識掃了一眼，就明白了。「四哥，我們去看樹海的特產吧！」

煉器師什麼的不重要，現在，看特產才是重點。

◈

一進交易區，各種熱食與麵包的香氣，立刻撲面而來。

「咦，四少，你來了呀？要不要來碗麵，剛煮好的喲？」

「不用。」

「這不是……夏侯皇子嗎？好久不見！」

「秦大人，你也來了呀！」

幾乎每到一個攤位，就有人朝三個男人打招呼，順便還帶好奇地抽空看了端木玖一眼。

要不是做生意實在太忙，他們都想多看幾眼。

因為，身邊從來沒有出現過女性魂師的端木四少和夏侯皇子不但一起走，還帶了個小女孩，不是在帝都裡陪逛街，而是來到這種冒險者營地，這實在是太罕見了。

莫非這個漂亮的小女娃很有身分很不得了？

「四哥，你們在這裡，這麼出名啊？」每個攤位都認識他們三個耶！

「我成年的時候，在樹海裡歷練過兩年。」端木傲說。

「我在樹海作過幾次任務。」夏侯駒回道。

「九小姐，其實這不算什麼。修練者的生命會隨著修為的提升而增加，沒有家世背景的魂師或武師常年生活在冒險地裡也不奇怪；而能在這裡做生意的人，通常都是這片區域的冒險老手，對外的消息也很靈通，所以這些小販會認識四少和夏侯皇子，一點都不奇怪。」秦肆解釋道。

冒險者，自有冒險者的生存方式。

在不安全的地方，危險的不只是環境，還有同類。

在這裡，腦袋不清楚、眼睛不夠利、耳朵不夠長、手腳不夠快、人不夠誠懇，是活不久的。

「人不夠誠懇？」端木玖一臉問號。

前面幾個形容都很好理解，最後一個是什麼鬼？

「意思是，妳可以奸詐狠毒詭計多端，但不管想做什麼，在別人眼裡看起來，妳一定要是誠懇誠實的，這樣才不會讓別人一有事就想對付妳。」夏侯駒彎下身，小小聲地解釋給她聽。

這種話不適合被別人聽見呀。

端木玖一聽，默默點頭了。

她很誠懇誠實呀，為什麼就那麼招仇恨值？別人看到她都想踩一腳？

看起來太弱，不好。好欺負。

感覺到她內心的想法，小狐狸睜開了一下眼，默默告訴她這件事。

當然，小狐狸絕對沒有嫌棄她；事實上，在牠眼裡，她怎麼樣都很好，就算看起來弱弱小小也很可愛。

端木玖囧囧地看著牠。

……那你也不好。

這一把就被抱住、身長只有一尺多的小狐狸，看起來比她更弱、更好欺負的吧！

小狐狸一聽，臉黑了——雖然牠現在一張狐狸臉也看不出哪裡黑。

牠堂堂……被看弱太丟分了！

嘛，不氣不氣，我們一樣啊。反正真有不長眼的人惹我們，揍他就是了。

小玖在內心笑嘻嘻地安撫牠。

同「病」相憐啊，所以也不要互相取笑、互相生氣了。

好歹她和牠，也是同一國的嘛！

小狐狸一想，有道理，也不氣了，繼續睡。

端木玖摸摸牠的毛，笑咪咪的。

端木傲看著她的表情，冷硬的表情頓時軟了幾分。

「看中什麼了嗎？」心情這麼好？

「還沒有，只是覺得這裡賣的物品種類，一點都不輸城裡的商舖。」事實是：有難「狐」同當，還可以順便逗一逗，果然心情美好。

「那是當然的，樹海範圍廣大，每天在這裡出沒的傭兵、歷練、冒險者來自四面八方，人數不知道有多少，所需要的物品和種類，自然也很多。」端木傲倒不覺得奇怪。

「但是吃的食物……好像特別貴。」這是她逛了好幾攤之後的發現。

不僅如此，而且吃的攤位一連好多攤，集中在交易區最前面的位置，任何人一進來就先聞見食物的香氣、看見食物的美味。

「這是當然的，在樹海雖然可以靠打獵來當食物，但是天天吃烤肉，是人都會受不了。」夏侯駒說道。

所以在這裡，即使是一塊普通、不含任何餡料的麵包，價格也比外面的城鎮貴十倍。

而麵湯米飯之類的食物，根本是天價！

唯一最便宜的食物，就是烤肉了；連帶著各種純肉食品的價格也是便宜得讓人一看，頓時感覺像在沙漠裡看見了綠洲一樣。

簡直感動得莫名其妙！

「不能在來樹海之前就買足補給品嗎？」端木玖直覺地說道。

端木傲與夏侯駒對視一眼，眼裡同時浮現笑意。

「小玖，買再多的補給品，也不可能買好幾個月、甚至一年兩年的食物都買了，帶著去冒險吧！」端木傲的臉上很少有這麼明顯笑意的時候。

端木玖囧囧的。

其實一說完她就發現自己的話問題出在哪裡了。

冒險者或傭兵們一旦進入險地，大部分一待都很久，絕對不是像觀光一樣三五天就回來。

出門在外，在能有東西填飽肚子的地方，食物的攜帶量自然會減少。

「而且，就算放在儲物戒裡，除了乾糧類，其他食物也不可能放一兩個月都不壞。」夏侯駒忍住笑。

雖然是一時沒想到，不過除了常識缺乏，遇事一直給他很冷靜聰明印象的小玖竟然也有不小心犯傻的時候，就讓人覺得——好可愛！

但是，小玖的反應，又出乎他意料了。

「咦，不行嗎？」小玖這次不是犯傻，是真的驚訝。

夏侯駒一想，就知道問題在哪裡了。

「妳的儲物手環，是阿風送妳的那個吧！」

「嗯。」

「阿風送妳的，是特別的。」想到當時聽到端木風想做這樣一個東西的時候，夏侯駒真是被驚訝到了。

作為一個哥哥，端木風絕對是把能替小玖著想的方方面面，統統想到了。

那是夏侯駒第一次發現，自家好友有這種屬性，簡直妹奴一個——這樣說也不對。

端木家嫡系的女孩並不只有小玖一個，但是端木風對其他姊妹都沒有特別照

顧，唯獨對小玖是這樣。

竟然有這樣一個哥哥，是這個樣子照顧妹妹的——夏侯駒當時是目瞪口呆的。

當時因為在一起歷練，所以他跟著端木風，也幫忙收集了不少材料——特別是那種又貴又難找又罕見的材料，讓兩人跑了不少地方。

因此，對這個儲物手環的特性，他也比較了解一點。

其中有一項功能就很實際，時間靜止。

最重要的是，儲物裝備在天魂大陸雖然常見，但儲物就只是儲物，能放東西，不代表東西不會壞——尤其是吃的。

能夠靜止時間的儲物裝備，是需要特殊材料才能煉製，也不是每個煉器師都能煉製的。

為了不引人注目，端木風還要求儲物手環能認主、不必魂力也能使用、外型低調不惹眼……之類的。

簡直方方面面都想到了，就為了不給當時還是傻子的小玖增加任何一分危險。

光是聽端木風所想得到的各種情況與防範，夏侯駒真是又一陣目瞪口呆，頭上大大一滴汗。

另外，在送人之前，端木風就已經往儲物手環裡塞了不少東西，什麼日用品、奢侈品，金銀銅幣、其他有的沒的，一堆。

聽得夏侯駒只覺得：養妹妹真是太不容易了。

土豪也傷不起！

即使夏侯家也有兄弟姊妹，彼此間感情也不錯，但那種不錯，遇到端木風這種哥哥，就完全不要拿來比較才不會悲劇。

「……儲物手環裡能靜止時間的，在天魂大陸上雖然不至於罕見到讓人瘋狂，但通常也是進拍賣會才能見得到的東西，所以，別隨便讓別人知道妳有。」鑒於小玖對生活常識的缺乏，夏侯駒覺得很有必要提醒她這一點。

「呃，是這樣？」端木玖真的有點驚訝。

要說空間儲物，無論是手環、戒指、或是巫石空間，都不會讓食物腐爛的啊！

尤其是巫石空間，是可以放進活物，連自己都進得去的。

所以她還真不知道，在天魂大陸的儲物空間有這種差別。

而且，師父給她的筆記裡也沒有寫，她一直以為儲物裝備都是那樣的，放進去的東西是什麼樣子，拿出來就會是什麼樣子。

她唯一知道有差別的，就是一般儲物空間不能放活物；能放進活物的，都是特別的，少見的可以讓人哄搶。

但是她這種反應，讓在場三個男人頓時擔心得一臉糾結。

小玖（九小姐）這個樣了，自己單獨出門竟然沒有被拐被騙？

北御前（大人）是怎麼放心讓她一個人出門歷練的啊？

四人先走到一旁的角落，不擋著人群，然後端木傲對著他揮了揮手：

「秦肆。」

他和夏侯駒需要靜靜，共同討伐一下北某人的不負責任，再回來繼續當暖心哥哥。

這段期間，讓秦肆趕緊給她補充冒險歷練加生活常識。

「九小姐，關於儲物裝備，以及這個營地……」秦肆立刻意會，開始說明常見物品的用法和價值，外加常見的冒險者營地生態。

在樹海裡的冒險者營地，當然也不只這一個，只是這一個比較固定，不但位置不變、交易的物品也最多。

而其他的冒險者營地，有的是移動性的，有的規模比較小；也有那種十天半個月才開一次的營地。

但無論是哪一種，都足夠滿足在樹海裡生活所需。

因此，所以才有冒險者能在樹海裡一待幾十年，專門就靠在樹海的冒險所得來供修練所需，生活得有滋有潤。

其實冒險者和傭兵，都有一個共同的特色：他們大多不是出身顯赫家族，也大多靠自己修練、自己尋找各種修練資源。

只不過，傭兵有工會接特定任務，冒險者多半沒有特定任務，只是出入各種險地，尋找有價值的東西來換取自己所需要的東西。

世家的人也會出入險地，不過目的多半以歷練為主，出入通常都是一大群子弟，而且必有至少兩名、天階以上的高手帶隊。

一般冒險者，遇到這種歷練小隊，通常會敬而遠之……

究其原因之前，前提三點：

一，出身世家的菜鳥，通常很自大，不好相處。
二，因為是世家，萬一看上同樣東西，冒險者通常要吃虧。
三，出身世家的菜鳥，通常不知天大地大，會惹來莫名其妙的危機，冒險者躺槍機率很高。
於是，也不用追究原因了，光是前提，就夠冒險者們倒退三尺，恭敬地目送世家歷練小隊一路好走。
「噗，這裡很好玩。」端木玖愈聽愈覺得有趣。
她決定了，有機會她要好好的在樹海裡玩一玩。
這時候，感受到她心情的愉悅，小狐狸抬起頭。
妳喜歡這裡？
嗯，很好玩。高興可以挖挖寶、不高興了可以坑人。
她一點都沒有忽略，這裡的小販攤上賣的東西，無論是吃的還是用的，訂價至少比城鎮裡貴三倍以上。
而且三倍還是最保守的價格。
如果是賣魂器，那價格至少飆漲二十倍以上。
完全暴利啊。
以後，我陪妳來。如果想去別的地方，也可以。
一點都不覺得她想坑人有什麼不對，小狐狸只說了這一句，就又趴回去睡了。
呃……端木玖低頭，看著小狐狸。

好像有一種，被呵護到的感覺。

被一隻小狐狸呵護……囧了囧。

不過如果小狐狸變成某男……

要我變成人形陪妳嗎？

清冷的聲音在她腦海裡響起，端木玖立刻搖頭。

不，不用了，這樣就很好。

即使再沒有常識，她也知道一隻魔獸變成人形那絕對是引人注目的大事；小狐狸，我們不需要這種出名法的。

小狐狸特別抬頭看了她一眼，確定她說的是真的，這才趴回去，繼續瞇眼打盹。

小狐狸當然知道在這裡變成人形會有多引人注目，不過這種注目跟玖玖的心情比起來，完全不值一提。

在小狐狸眼裡，可完全沒把這營地裡的上萬人放在心上，要滅了他們，也不過是一把火的事。

但人類有人類的規則，魔獸有魔獸的做法。

如果不是生死仇敵、或是有特別的原因，基本上不會做這種大規模屠殺的事。

端木傲和夏侯駒「靜靜」完畢，又回來帶著她，四人一起走。

看著她對小狐狸又是微笑、又是疼愛的順毛，端木傲終於忍不住開口：

「小玖，牠是妳的魔獸。」

「嗯。」算是啊，怎麼了嗎？

「不是寵物。」嚴肅。

原來剛才那句不是再次確認，是在陳述。

「……喔。」四哥……好像不太高興。

「把牠放下來，讓牠自己走，不必抱著牠不放。」魔獸沒有那麼嬌貴的。

一路抱著走？還順毛？完全不用好嘛！

大爺也沒有這麼享受的。

端木玖抱小狐狸的手一頓，忍笑看了四哥一眼：

「沒關係，牠的毛很好摸；這裡風大，抱著牠也很舒服。」小狐狸這是被四哥嫌棄了吧！

端木玖立刻找了一個理由。火狐狸嘛，非常有保暖的作用。

端木傲一聽，關注的重點立刻轉移。

「會冷嗎？」神識已經探進自己的儲物戒，看有沒有適合她穿的、會暖的——有了，斗篷。

立刻拿出來，披上小玖的肩，綁好。

小玖的「不會」兩個字沒來得及說出口，斗篷已經穿好了。

「呃……抱著牠好玩，四哥，我們繼續逛吧。」看四哥一臉很想把小狐狸從她懷裡拖走的模樣，還是快快轉移四哥的注意力吧！

「好吧。」端木傲勉強點點頭，開始替自家妹妹買各種食物，但是還沒買到幾

樣，就被端木玖阻止了。

「四哥，我們買別的。」這太貴了，我們就算很土豪，也不是用來被坑的。

所以，換種。

端木玖特地找了幾種沒買過的食物和食材，以及聞起來有不同香味的各種木頭，據說都是樹海的特產。

因為是買原木頭，所以價格還不算貴；這些如果在樹海外的城鎮買，就會是加倍價了。

另外，還特別買了一份樹海地圖，有標註部分魔獸區域、地形、和植樹種類的那種——特別貴。

至於魔獸材料和魂器等，直接跳過。

最後來到交易區的最內側，看見那攤直接擺著許多盆栽的小攤。

那些盆栽，看起來一點都不特別，還有點小。

每一盆，盆寬都差不多只有一尺。

盆裡種的不是花、也不是草，而是——一根綠色的木頭。

每一盆，都是一根大約三寸寬、三尺高的枝木，而且都是綠色。

不過靠近一看，同樣是枝木，但在色澤還是有一些差別。

一種是綠木偏白，一種是綠木偏黑，一種是綠木偏褐。

標示出來的名字，也非常簡單。

白綠木，黑綠木，褐綠木。

小盆栽種的枝樹，沒有任何裝飾，從外表看起來，就是一根木頭插種在盆裡，實在沒什麼賣相。

而且聞起來……好熟的味道?!

「小玖，妳看，這就是樹海最特別的特產。」一來到這個攤位，夏侯駒立刻把小玖給拉過去。

這一路都被阿傲擋著，他忍很久啦！

「是喝的。」端木傲一時不防，妹妹就被搶走了，只好補了一句，讓某人想賣關子賣不起來。

夏侯駒僵硬了下。

想現寶的謎底被戳穿了，心塞。

端木玖沒發現兩個男人的搶人遊戲，好奇地打量那三種盆栽。

喝的？

「這的確是喝的東西，很香哦！各位大人要不要試一試？」小販很熱情地拿了四個木製的杯子，然後以匕首削了一下一根偏白的綠木。

就像綠木被削出的缺口，流出一陣乳白色的汁液。

小販熟練的迅速接了四杯，再把削下來的木皮蓋回去。

汁液神奇的竟然就不流了。

而且那個被削下來的木皮很快和原來的綠木合成一體。

簡直比創可貼還貼！

端木玖看得囧囧有神，又覺得很神奇。

這樣貼回去就好了，「傷口」立刻復元，這綠木好神奇的復元力！

端木玖瞬間決定：買了！

這種復元力好有趣，她要研究一下。

小販笑咪咪地將四個木杯遞給四人，介紹詞一溜兒地講出來：

「四位大人，請喝喝看。補元氣又止渴，純天然不麻煩，想喝冰的就加冰塊、想喝熱的可以加熱；另外，長期飲用的話還附帶養顏美容的效果。只要買一小盆，立刻隨身帶著走，就算去沙漠都不用擔心沒水喝。另外如果覺得這樣喝味道太輕，還可以加糖加蜂蜜，味道更讚！來到樹海，沒喝到這個，就枉費來一趟了呀！請喝請喝，試喝不用錢的，一定要喝喝看。」

「雖然沒什麼味道，不過解渴還可以，妳喝喝看。」端木傲特地對自家小妹說道。

「嗯，這個白水還算不錯。」夏侯駒立刻也說道。

「很解渴。」秦肆也說道。

白、白水。

端木玖又感覺到囧囧來襲。

不過還是喝了一口，味道還真的像牛奶。

等四人都喝了，小販立刻繼續介紹：

「這種綠木，還有另外兩種口感，雖然比較苦，但是喜歡的武師大人們卻不少，四位大人可以再各試喝一杯，比較一下。」

小販依樣削開木板，然後倒了另外兩種綠木的汁液，再讓他們喝。

而玖玖各喝一口三種汁液，剩下的就分給小狐狸。

但她的內心是囧、囧、囧的。

牛奶、可可、咖啡。

For：天魂大陸版。

不但顏色像，味道像，連香氣都一樣。

此刻玖玖的內心的語言是：這個世界的樹汁竟然可以流出牛奶、可可和咖啡啊！

這期間也有別的魂師與武師逛到這裡，小販一樣每人都給試喝。

有人一喝就買了，也有人一喝嫌棄到不行。

但不管是哪種客人，小販都一樣笑臉相迎，就算嫌棄的、不買的，也一樣笑著把人送走，不和來客吵架，也不因為對方的態度不好就變臉。

端木玖佩服了。

這個小販真專業級，在冒險者營地做生意，眼力和服務態度比商鋪的人員還要準確親切。

不愧是混冒險者營地的，非常懂得和氣生財和退一步海闊天空的生存規則。

在這種地方，要是真和來客吵起來，甚至打起來，那不只做不到生意，還可能會損失要賣的商品，更容易波及到周遭其他小販，讓大家一起跟著損失。

這麼損人不利己的事，絕對要盡量避免。

說到底，做生意是為了求財求利，不違背大原則的情況下，被人嫌棄幾句不算大事，身為長年在險地冒險、生命沒保障的冒險者們，在某些時候都是很大肚的，無視對方就行了。

「四位大人，你們要不要買一些綠木帶走，很有用的喔！這種特產只有樹海才有，別的地方都買不到，一旦錯過下回就不知道要等到什麼時候才會再遇到了，一盆才賣一百金幣，很便宜的。」小販招呼完其他客人後，又回到四人面前，不過說話的時候，眼神是對著端木玖的。

很顯然，眼利腦精的小販，已經看出來這位才是他生意的來源啦！

一盆一百金幣……

依天魂大陸的錢幣基本單位，由小至大，銅幣、銀幣、金幣。

一銀幣等於一百銅幣，一金幣等於一百銀幣，一銀幣夠一個人吃兩天的伙食；一盆一百金幣的樹木叫便宜——

真是呵呵的。

不過這裡是樹海，看到在西岩城賣五銅幣一個的包子，在這裡至少賣價五銀幣；這一百金幣，真、的、不、算、貴。

「喜歡就買，價格不要緊。」端木傲對她說道。

這種綠木汁液有人喜歡、有人不喜歡，小玖既然喜歡，就不用客氣。

「沒錯，想買多少，我送妳。」夏侯駒也說道。

以前在樹海他就帶了好幾盆回去，偶爾喝覺得還不錯。

「我買十盆，你多送我一盆。」端木玖想了想，又翻了下剛才買的「樹海介紹圖冊」後，直接講價。

「這個……大人，我要找回這個綠木也不容易啊……」

「那，你繼續辛苦了。」端木玖態度很好地把手上的杯子還給他，直接轉身：「四哥，我們走吧，快到飛鶩出發的時間了。」

「……好。」本來看小玖喜歡，端木傲已經打算付金幣買下來，結果小玖突然改口，他掏金幣的動作頓了下，沒第二句話就跟著小玖轉身。

「這位大人，好吧！十盆賣妳了。」小販趕緊說道。

一次十盆是不小的進帳啊，小販心痛了下，只送一盆還是可以接受的。

「那好，這個五盆、另外兩種各三盆。」端木玖立刻指定道。

身後兩個男人立刻金幣掏出來。

「我來。」夏侯駒早就準備好了。

「不用，我付。」一千金幣，端木傲同樣一拿就出來。

「剛才一來，我就說要送小玖的。」

「無功不受祿。」自家妹妹當然不能隨便接受別的男人送禮。

「我送的又不是你，是小玖。」以他和端木風的交情，他的妹妹，也等於是他的妹妹，夏侯駒不認為自己是「別的男人」。

「妹妹買東西，我做兄長付帳，理所當然。」

「我也是兄長……」

不理會他們兩個互相拉回對方要付金幣的手，端木玖已經直接把金幣給了，然後一揮手，十一盆綠木統統收進手環裡——實際上，是放進了巫石空間。

「謝謝大人。」收到金幣，小販眉開眼笑地趕緊把金幣收起來。「祝大人愈喝愈美麗，歡迎再來。」

端木傲和夏侯駒兩人動作一頓，四個眼睛同時看向小玖。

小玖不乖，一點表現的機會都不給他們。

端木玖回給兩人一枚純潔無辜的笑容。

「四哥、夏侯大哥，我們快回去吧，不然要搭不上飛鷲了。」端木玖率先往前走。

「小玖！」兩個男人異口同聲，內心是有點無奈的。

「走吧！」小玖回頭又是一笑，兩個自覺當了哥哥、對妹妹應該好一點的男人，只好跟著往外走。

但是往外走的同時，兩個男人推來拉去，近身戰已經過了十幾招，把不能付帳的不滿，全發洩在對方身上了。

看著兩個一直以來形象高大上、作風說一不二的男人，到九小姐這裡漸漸變成沒原則和各種縱容，甚至爭搶地打起來，秦肆覺得，這世界變化太快，他有點跟不上。

兩人一邊打一邊往外走、還完全沒影響到別人逛交易區，這種自覺，讓秦肆完全無言以對。

……他還是不要阻止，免得破壞四少和夏侯皇子的「樂趣」了吧！

兩人就這麼一邊打著、一邊跟著，等和小玖坐上飛鷲，端木傲才發現不對，立刻停手。

「小玖，我們該搭的不是這一邊。」

「是這邊沒錯。」端木玖很肯定。

「世家子弟和魂師、武師專用的城門，應該是另一邊出發的車隊。」這邊是通用的城門入口，離端木家所在的位置比較遠。

「出發！」

車隊長一喊，飛鷲騰空，要換車隊也來不及了。

端木傲只能乾瞪著小玖。

她是故意的。

還有，他又瞪向夏侯駒。

他也是故意的吧！

「我是要搭這個車隊沒錯。」夏侯駒發「四」，他絕對沒有故意和阿傲對打來轉移他的注意力。

他要回皇宮，的確是搭這個車隊所停的城門比較近。

頂多，就是發現小玖走這邊，他沒有提醒阿傲而已。

「我要去找北叔叔，搭這邊的車隊沒錯的。」小玖細細的、小小聲地說道。

他們之前的介紹，她聽得很清楚，還特別留意車隊前往的城門方向，才選了這邊的車隊搭的。

「……」妹妹太「脆弱」的聲音讓端木傲不知道該說什麼，好像他一開口就有罵妹妹的嫌疑，他還沒開口就先內疚——

這哪裡來的罪惡感？

他明明沒有要罵小玖，罪惡個什麼呀！

「四哥陪我去找北叔叔，好嗎？」期盼的小眼神看著他。

「……好。」

秦肆：「……」四少，你的原則咧？

四少VS九小姐，硬漢遇上柔情，硬漢一句話敗退。

第三十八章 城門爭鋒，帝都新八卦

當飛鷲車隊穿過樹海地界，一束曦光，恰從天邊輻射而來。

當金色的光芒照耀大地，坐在飛鷲車隊裡的人陸續睜開眼。

在晨曦迷霧中，隱隱看見遠處的地面上，有座群居的建築。

那是帝都，中州最大城，也是天魂大陸的第一大城。

以地理位置而言，幾乎位在整個天魂大陸的中心；也是數千年來，整個天魂大陸最熱鬧與發展的中心。

在天魂大陸上，各種大大小小的勢力、世家、組織，無一不在帝都設有據點，也無一不以能在帝都擁有據點為榮。

其中，在大陸上傳承最久的三大世家與皇室，其本家就一直設在帝都，並且各據一方，遙遙相峙。

而這四方姓氏，也是現今天魂大陸的大大小小的魂師世家中，最強的四大姓氏。

經過一天一夜的飛行，飛鷲的車隊已經越過樹海，漸漸接近帝都。

遠遠的，最先看見的不是城門，而是一座直直聳立的白色圓塔，愈高愈尖細的頂端，微微有雲霧繚繞。

「那是……通天塔？」端木玖一看見白色圓塔，就想到在西岩城買到的大陸地圖中，特別標示出來的「著名景點」。

那份地圖其實很簡陋，不過至少把大陸上各大城與兩大山脈、幾處名地都標示出來。

比如：帝都的通天塔。

也比如：器城的煉器師公會。

帝都這個地方，還特別標明皇室與三大世家以及傭兵工會駐點。

東星、西星兩大山脈，與樹海，那更是圈出一大塊範圍，表示出這些地方區域的廣大——很容易迷路，進入要小心。

「妳知道?!」三個男人都很驚訝。

其實他們更想說：妳「竟然」知道?!

實在是小玖（九小姐）缺乏常識的印象太深植他們的心了啊，這突然的她知道了一個，他們就被感動到了。

「我有地圖。」立刻把那份地圖拿出來給他們看。

三個男人內心：這地圖夠簡陋的。

好吧，但至少，這張地圖讓小玖（九小姐）知道，帝都有座通天塔，也算功勞一件。

從傭兵小鎮後同行的這一路，深深感受過小玖（九小姐）對大陸常識有多缺乏後，三個男人完全沒意識到，此刻他們的標準有多低。

不過，還是要補充一下。

夏侯駒先說道：

「夏侯一族在數千年前，就在天魂大陸建立皇朝，此後一直以皇室為稱，獨立在三大世家之外；而三大世家的排名，每百年評比一次。最近百年內的排名為：端木、公孫、歐陽。

「其中端木世家占據第一的位置已經超過千年，所以在天魂大陸，又有第一家族之稱。」

至於綴在第二和第三的公孫世家與歐陽世家，名次每百年一變，整體實力算是在伯仲之間。

端木傲接著說道：

「帝都的門戶，依方向分為東、南、西、北四城門，其中南、北兩城門，普通平民不能出入。端木世家本家的位置，在帝都北邊；本來，我們該由北城門進入帝都的。」結果，現在是東城門。

「四哥喝水。」端木玖立刻倒一杯白綠木的汁液遞給端木傲，一臉乖巧又討好的模樣。

端木傲就……接了杯子，喝水，根本沒有氣了。

秦肆再補充：

「經常在帝都裡出入的人，七成以上不是有實力、就是有身家背景，遇到了、會發生摩擦，是很正常的事。

「但在帝都城內，不允許隨意打架鬥毆。

「同時，身為武師與魂師，也不得無故傷害平民。

「凡在帝都無故鬧事、違反規定者，皇室執法隊有權力『當場』逮捕並且進行懲罰。

「雖然三大世家也有自己的執法隊，但家族的執法隊不能隨意對非家族以外的人出手，否則，也在皇室執法隊的逮捕範圍內……」

帝都繁華、勳貴雲集，高手眾多、摩擦也多，一言不合就打起來的狀況，每天都在不同的角落上演。

但在帝都內出手的限制也很多。

強中自有強中手，聰明的人，就不會隨便替自己找麻煩；至於那些意氣之爭……在皇室執法隊眼裡，沒死人都還不算大事。

「如果一定要打架呢？」端木玖好奇地問。

總覺得規定是規定，但是無視規定的人一定很多。

文明社會下法律規定得那麼嚴格，街上鬥毆都常常在發生，更何況是現在這種強者為尊、拳頭大上的天魂大陸？

所以，即使有嚴格執法隊，也是阻止不了大家想打架的熱情的啦！

三個男人一聽，嘴角小小抽了下。

為什麼小玖（九小姐）的話聽起來，好像巷尾混混窮極無聊的你拳我腿在互相比來畫去那麼無聊？

秦肆努力保持正經的語氣：

「如果有恩怨要解、或一定要爭個輸贏，可以申請上比鬥台，自然有人作裁判公證。

「另外，在天魂大陸上，對挑戰也有默認的規則。

「一般來說，發起挑戰的一方，不能以魂階或武階比自己低的人作為挑戰對手；但有仇怨或雙方都願意比鬥者，不在此限。

「另外，比鬥台上也可以進行賭鬥。由比鬥台進行公證，事後只剩要付出百分之一的賭金即可。」

怎麼打架才不犯法，是項技術活兒。

在帝都裡，雖然執法嚴格，但是一言不合鬥毆的事件依然層出不窮，所以這些規則，九小姐一定要知道，免得被坑。

說話間，晨霧已經完全散去，通天塔在日光的照耀下，映射出無比耀眼的光芒，而巨大的城門，已然在望——

飛鷲在距離城門十里的地方落地，同時間，也有其他小型的隊伍坐在飛行獸到達，停在這裡改以步行往城門方向走。

就在他們剛離開不久，同樣的地方再度停下來一隊飛鷲。

其中一小團人走下車廂，

「總算回來了。」

「雖然回來了，可是去西星山脈的任務失敗了。」

「失敗，只當是個經驗，別太在意。」就算西星山脈的主要任務失敗，但其他收穫還算不錯。

至少他們下一年度的修練資源不用愁了。

「我沒有太在意，只是覺得生氣。」

「氣什麼？」

「眼睜睜一個傻子在我們面前囂張，還被一個老乞丐給耍了，七哥難道不生氣？」

「當然氣。但就算生氣，也沒有必要一直叨唸。」

「可是……我就是氣嘛！」

「不用氣，我們總有機會找回來的。」他安慰妹妹。

「有嗎？」

「當然有——」本來他想說，雖然在西星山脈錯過，但是在帝都總會遇得到；再不然，也有別人可以出氣。

但現在一抬頭，不小心看到前面，他嘴角上揚了一點，示意妹妹往前看：「妳看那邊。」

妹妹一看，眼睛立刻瞪大了。

「是她?!」

果然遇得到，真是太、好、了！

再往前走，就是城門了；帝都，可不是那個傻子能待的地方。

「七哥，我們快走！」她迫不及待想看到有人再被趕出帝都的畫面了。

◈

愈接近城門，來來往往的人就愈多。

城門的守衛，也非常嚴謹。

除了城門旁各有一小隊守衛站著，在城門上，也站列著一隊守衛，隨時注意城門四周的狀況。

另外，在距離城門大約十丈外，隔著護城河另外開了一座較小的出入通道，站列的守衛也同樣嚴謹。

出入城門的每個人身上幾乎都穿著護身鎧甲，代表他們不是魂師、便是武師；行走時，大多只以尋常的步伐前進，但移動的速度卻比快走還快，凡行走過，必然帶起一陣風沙。

比較不同的時候，即使人再多，眾人也不會揹手得肩並肩，或是近身得人擠人。

除非同行，否則每個人與每個人之間，必然都留有三尺以上的距離。

玖玖在心裡悄聲對小狐狸說：

離這麼遠，是不想被風沙糊一臉吧！

小狐狸懶洋洋地睜開眼，看了一下周圍。

會被風沙糊一臉的人，弱！

在你眼裡，沒有人不弱吧？

小狐狸想了想，就點了下頭。

嗯。

……小狐狸，咱們能謙虛點兒嗎？

謙虛？

呃，沒什麼。

要求一隻直來直往的魔獸謙虛，好像有點強「獸」所難——

小心！

小狐狸忽然跳上她的肩，端木傲迅速移位到她面前，擋下一股攻擊。

小玖還沒看見發生什麼事，就先聽到——

「你敢偷襲?!」

「誰叫你擋我的路。」

「我先來的，先進城，有什麼不對？」

「你走太慢了。」不能怪他等不及，出手「清理」路上的障礙。

「你別太過分！」

「有本事，你也可以過分呀。」出手的人一笑，帶著自己的同伴就大搖大擺走進城門。

小玖從自家四哥身後探出頭，正好看見被打退的那個人，黑著臉帶著同行的人也踏入城門。

「四哥，這是做什麼？」就打了那麼一下，然後就一個得意洋洋、一個暗暗憤恨，很和平地入城了?!

「只是搶道。」

「搶道？」

「看不順眼的人，在城門前遇到了，通常就要爭搶一下。」端木傲語氣停頓了下。「能先進城的人，比較有面子。」

小玖聞言，好一陣無語。

四哥的語氣，聽起來明明也是一副覺得很無趣的樣子。

先一步進城，又不能多吃一碗飯。

搶這種面子，真的有必要？

不過很顯然，這真的很有必要。

因為接下來不到一刻鐘，小玖就看著很多擠在一起進城門的人，都要在城門外吵一下、動手一下，然後贏的搶著進城，輸的咬牙進城。

「總覺得……這麼得意洋洋地笑起來，看起來特別傻。」小玖嘀咕。

小狐狸睜開眼，瞄了城門那邊的情況後，對她點了一下頭。

傻。

秦肆汗。

九小姐，雖然妳說得很小聲，但是周遭的人每個都有修練，耳力都特別好還是會被聽見的呀。

「好像真的……」有點傻。

光看那種笑模樣，跟英明神武絕對扯不上關係。

「咳！」看破不說破，這就不用特別說出來了。「剛才那兩個隊伍，是鄭家小隊和林家小隊吧？」趕緊轉移話題，林家隊伍還沒走完呢！

「鄭家小隊這次贏了。」

「上回他們輸給林家小隊了。」

「那也太不長進了，林家才多少人？」

「人數雖然很重要，但實力才是重點。」

「那你認為，這次的帝都大比，鄭家可以贏？」

「這個嘛……」團體還是要看團體實力的……

不管是個人或是家族歷練隊伍、或是傭兵團之類，凡是遇上，就算沒動手，也要吵個幾句，把城門的氣氛吵得熱熱鬧鬧的。

小玖特地停下來看了好幾組人，再看看周遭人的反應。

「四哥，剛才那兩個傭兵小隊，是不是有仇？」

「沒有，只是看對方不順眼而已。」

在帝都，不同家族的歷練隊伍互相槓上，也是很常見的。

「那……那兩隊像家族的人……」

「小家族之間也是會爭排名的，那兩個家族的駐地很近，出外歷練時也常碰上。」於是，爭地盤、搶獵物什麼的，簡直跟吃飯睡覺一樣正常。

「那，大家都不管嗎？」

最神奇的是，很多隊伍或冒險者關係不好的，大家好像都知道，所以在要進城門時，看到某某出現、又看到某些人，就自動會慢下腳步，讓那兩個某某在城門前撞上。

大家就在一旁自動停步，看熱鬧兼評判。

「還沒有進城門之前的爭執，只要不影響到城門的秩序，守衛不會管；而且，這種爭鬥也是大家默認的。妳就把它當成免費看表演——回到帝都，大家太開心了，需要慶祝一下，活動四肢。」四哥面無表情地說道。

小玖偷偷瞄了四哥一眼。總覺得在四哥身上，好像有怨念飄過——是錯覺吧？

「怎麼了？」

「呃……四哥，有人找過你一起……免費表演？」

端木傲的臉，更面無表情了。

端木四少的實力與天賦就算不是頂尖，也是上佳，偏偏天生冷臉又不親切，論人緣，絕對是差榜上排行有名。

夏侯駒悶笑。

「小玖，不只是妳四哥，以前我也常常遇到。」這種事不只在帝都，在其他各城鎮也很常見。

身為世家的子弟，尤其是天賦好的，一舉一動都很受矚目，出門在外，很容易被嫉妒的人找麻煩。

所以他和端木傲對這種事，早就見怪不怪。

大凡天資出眾、成名也早的世家子弟，都遇過類似的情況，直到晉入天階，這種酷愛找別人麻煩、但不想虐到自己的人自然就少了。

在傭兵小鎮那一次，雖然性質不太一樣，但是為了搶位置，不管是不是認識的人、不管實力，大家也是打了一場。

所以一言不合就動手什麼的，完全不用太驚訝。

端木玖聽完，特別空出一隻手，很同情地在四哥和夏侯駒肩上拍了拍。

「辛苦了。」

「妳也要辛苦了。」夏侯駒很「兄弟味」的，也在她肩上拍了拍。

「我？」

「呵呵。」夏侯駒但笑不語，四人隨著人潮繼續往前，直到城門前。

「皇子，您回來了。」城門的守衛一看到夏侯駒，立刻上前行禮。

「嗯。」

「端木少爺好。」守衛再行個禮——這是對天階高手的敬重，然後對夏侯駒說道：「陛下有令傳達，請皇子儘快回皇宮。」

守衛傳話的同時，還好奇地多看了小玖一眼。

皇子和一個陌生的小姑娘同行耶！是同伴嗎？小姑娘也很厲害？

「我知道了。」夏侯駒點點頭。

「皇子、端木少爺，各位請進。」雖然心裡亂猜一遍，但是守衛表情正直盡責，清出一條走道，恭請四人進城。

但是一旁卻有人喊著：

「等等！」

四人頓時停步。

有人想找他們的麻煩了嗎？

論實力、論身分、論背景，在帝都敢直惹端木傲和夏侯駒的人，現在已經不多了。除非——

被打斷工作的守衛滿臉不爽地轉向，本來想喝斥的話還沒罵出來，在看見來人時，就立刻改口：

「歐陽少爺、歐陽小姐。」難不成這兩人想攔他家皇子?!

雖然歐陽家七少爺和八小姐站出來身分實力都很夠，但是這種實力遇上他家皇子，分分鐘被打趴好嗎？

「你讓開。」歐陽明敏直接推開守衛，擋在端木玖面前，昂著表情，傲然說道：「這條路，不是妳能走的，退開。」

守衛：「……」果然不是來找他家皇子的麻煩，是找別人啊。

根據他們所站的位置，還沒進城門，不在帝都內不許打架鬥毆的規則內。

守衛退後兩步，站到同伴旁邊，暫時不阻止了。

不過，能被皇子和端木少爺允許同行的人，應該也不平凡吧——雖然這位小姑娘的外表，一點也看不出哪裡不平凡。

歐陽八小姐又是個囂張的……小姑娘會不會被嚇哭？

守衛一點也沒察覺自己的想法有多不靠譜，繼續默默圍觀。

端木傲和夏侯駒同時跨前一步，小玖拉了下他們，朝他們一笑。

兩個男人頓時停步。

小玖當然沒被嚇哭，只是默默打量了來人兩眼，然後想了想。

「妳是……」有眼熟。

「歐陽家，歐陽明敏。」自報家門時，不覺挺了挺胸，相當自豪。

小玖面不改色。

「我不是要問妳的名字，是想問：妳是管路的嗎？」

「什麼管路的？」

「管這條路該誰走、輪到誰走呀。」

「當然不是！」胡說八道什麼，她堂堂歐陽家八小姐，有必要去管一條路該誰走、輪到誰走這種芝麻小事？

「不然妳怎麼能說，這條路不是我能走的？」

圍觀民眾：「……」說得好有道理，他們以前怎麼沒想過可以這麼說？

歐陽明敏被這句反問弄得愣了一下，但是立刻又說道：

「帝都東城門，分為兩道出入口，這裡是魂師們走的，妳這種人，該走的旁邊十丈外的那道小門。」

說是小門，其實只是比這道門高度略矮三尺，是專供一般人行走的城門。刻意分成兩道門，是為了保護一般人，免受魂師武師們爭鬥波及，避免被誤傷。

不過在很多魂師的想法裡，自然就認為一般平民不配和他們走在一起，那是降低他們的身分。

被鄙視了，小玖也沒生氣，只是很懷疑地打量著歐陽明敏。

「妳看什麼？」

「妳還說妳不是管路的，明明就是啊，不然怎麼還規定我必須走哪邊？別人都沒有妳這麼囉嗦。」頓了頓，再加一句：「守衛大哥也沒有。」

「噗！」圍觀民眾有人忍不住噴笑。

這意思是，人家正經守城門的都沒意見，妳一個路人意見那麼多，簡直多事又無聊。

趁她臉黑還來不及說話，小玖又以很同情的語氣接著道：

「沒關係，妳不用覺得不好意思。雖然歐陽家的小姐可能有點缺金幣，所以得到城門口跟守衛們分工作、賺一點零花；不過靠自己的勞力賺花用不是丟臉的事，妳放心，我會很配合規定的。」

圍觀民眾們聞言，頓時以一種很複雜的眼神打量著歐陽明敏，暗暗開始七嘴八舌：

「歐陽家的小姐真的缺錢用？」

「別鬧了，八小姐在歐陽家可是很受寵的，怎麼可能缺錢用？」又不是他們這些出身小世家，還得兼職作任務賺修練資源。

「她要是會沒錢，就表示歐陽世家要破產了。」

「這更不可能，別鬧了！」

「那，為什麼八小姐會缺錢？」

「可能……花太兇了！你不知道，她們這些世家小姐，買東西都超大方，尤其看到喜歡的東西，也不管有沒有用、貴不貴，直接下手就買走……」

「世家小姐真好……」不缺錢花……

「不要羨慕了，我們還是自己多做一點任務，省吃儉用比較實際。」

「好吧……」真心酸。「但還是好羨慕……」的看著歐陽明敏。

圍觀民眾說著說著就歪樓了，歐陽明敏愈聽愈火大，忍不住狠狠瞪了那些人一眼。

大家紛紛閉上嘴。

歐陽明敏立刻轉向小玖：

「妳胡說！妳才缺金幣！妳一個傻子，就算現在恢復正常了，也——」歐陽明寬阻止妹妹，讓她的「不能修練」四個字沒能說出來。

「七哥？」歐陽明敏不滿。幹嘛阻止她？

歐陽明寬看著坐在小玖肩上的小狐狸，又想到在天塹森林裡他們沒追上端木玖，她也許早就能修練……

「九小姐，舍妹失禮了。」歐陽明寬先是有禮地抱歉，然後，「但舍妹並無惡意，只是不明白，九小姐以哪一種身分，走這座城門。」

夏侯駒一聽，挑了挑眉。

這句話，真是「進可攻，退可守」。

如果小玖符合走這道城門的身分，那麼，歐陽明寬就是頂多失禮一下。

但如果小玖不符合走這道城門的身分，那麼他和歐陽明敏，就理直氣壯可以趕人了。

這種看起來和氣，實際上暗藏壞水的態度，他最不喜歡了；還不如歐陽明敏那種粗魯的方式。

「不想告訴你。」小玖傲嬌地轉開頭。

圍觀群眾：「……」傻眼。

這種話可以回答得這麼直白喔！

歐陽明寬：「……」呃！

端木傲、夏侯駒、秦肆：「……」莫名有股想笑的衝動。

小玖接著說：

「既然不是管城門、也不是管路的，我和你們又不熟，為什麼要回答你的問題？北叔叔說過：『無事獻殷勤，非奸即盜。』你們沒事攔我的路一定有陰謀，我才不會上當。」說完還先後退一步，一副你們是壞人、我要遠離你們，不然很危險的表情。

圍觀群眾：「……」噗！

「就算有陰謀，被她這麼一說，也變陽謀了吧！」

「其實，本來也就不是什麼很難猜的事，歐陽八小姐會攔路，不就是想為難這位小姑娘嗎？只是人家不上當而已。」

「愛面子的人就是麻煩。」

「對呀。要是我們，走上前，直接說一句：『你沒資格走這裡。』然後一招攻擊，就足夠把人打飛了吧。」哪用得著廢話這麼多。

「你確定，你一招就能把人打飛？」好像上一回，某人出手是沒把對方打飛，結果自己反倒被揍飛了——

「……這次一定能。」

「……喔。」忍笑。「但是，我覺得不一定。」

……是好朋友的話，黑歷史就不要提了。

「我猜，歐陽八小姐不能把人打飛。」絕對直覺。

雖然不知道那位面生的小姑娘是誰，但是能讓冷臉的端木四少帶著、夏侯皇子護著，應該也不是什麼好惹的人。

「我賭能。一杯黑色烈酒。」敢不敢？

「賭了。」準備喝免費的酒。

「酒不酒什麼的無所謂，我就想知道，他們什麼時候走？」繼續擋在那裡，他們這些人今天都別想進城了。

察覺到周圍的抱怨，端木傲向前一步。

「讓開。」

歐陽明寬的臉色變了一變。

「四少請。不過九小姐……」最氣端木傲這種一副他開口，他們全部要聽的態度。

端木傲一句話都沒多說，直接動手！

揚手一揮，歐陽明寬和歐陽明敏兩兄妹就被一股氣流掃得站立不穩，後退好幾步。

清空了路，端木傲牽著自家妹妹就往城門裡走。

歐陽明敏一急。

「守衛，你不盡責！她不是魂師，怎麼能走這道門！」

被點名的守衛，只好頂著皇子炯炯的目光，硬著頭皮走出來：

「這位……小姑娘，請問妳是魂師嗎？」

「是啊！」端木玖點頭。

「那太好了，妳請吧。」如果不是不好動手，守衛簡直想直接把她推進城門，快快走。

「等等，我不信！」歐陽明敏終於緩過氣，不死心地又追過來。「有什麼證據證明妳是魂師？」

小玖打量著她，然後才一臉認真地問：

「妳故意在找我的麻煩，對嗎？」

圍觀群眾：「……」這麼認真的問這種問題……他們也不會回答啊！

「是又怎麼樣？」

竟然直接承認了，歐陽八小姐，這個猛。

「不怎麼樣。妳早一點直接說，剛才我們就不用浪費時間說一堆廢話了。」小玖滿臉「妳真是太不乾脆太囉嗦了」的表情。

「……」歐陽明敏瞪眼。

她就因為這種原因被一個有名的傻子兼廢材嫌棄了?!

「其實，我可以不用理妳的。」小玖緩緩地說。

歐陽明敏轉瞪著她。

「就算妳是歐陽家的小姐，跟我也沒有關係。我是不是魂師這種事，也不需要對妳交代。」

意思就是：不要以為「歐陽家族」的招牌很好用，本姑娘不想理妳的時候，妳就什麼都不是，懂？

「端木玖，妳——」

「不過，我討厭麻煩。」小玖打斷她的話。「所以今天，我就大發善心，幫妳解惑。」一臉不必太感激我，我只是比妳善良一點的表情。

歐陽明敏：「……」雖然不是完全看懂端木玖的表情意思，但是她那個表情就是看起來讓她想揍人！

小玖才不管她快要噴火的眼神，就把她生平得到的第一枚徽章拿出來，放在手上。

大家立刻好奇探頭一看。

然後，一個個集體變成木樁了。

好一會兒，才終於有人蹦出聲音。

「一、一星魂師？」

「我們可能眼花了，是一星地魂師吧？」揉眼。

「沒、沒有眼花，真的是一星魂師。」

「一星魂師……」大家左看右看，臉上懵懵的。

「一星魂師……」請等等，他們需要冷靜一下。

一星魂師。

這絕對是眾所皆知的魂階，一點都不稀奇。

但是，他們還沒看過有人會把一星魂師的徽章亮出來的好嗎？

不說一星，就是三星魂師徽章，也是很多人瞄都沒瞄過的稀罕東西。

歐陽明敏也是看呆了，一回神就噴笑出來。

「妳，一星魂師?!」哈哈哈哈。

連五歲小娃都不會把這種魂階拿出來現好嘛！她、她竟然就這麼把徽章亮出

來，簡直要笑掉別人的大牙……

除了歐陽明敏，圍觀民眾也幾乎都忍不住笑，只是他們比較克制，沒有直接放聲大笑，憋的臉都紅了。

畢竟人家歐陽世家八小姐可以不怕端木傲找麻煩，他們可不敢無視那張冷臉——以及剛才已經走到小姑娘身邊的夏侯皇子。

不過……他們是不是聽到一個有點熟悉的名字？

「剛才……歐陽八小姐好像說了……端木玖，如果我沒記錯，端木世家好像有人叫這個名字？」終於有人注意到了，小小聲地問同伴。

「嗯。」同伴想了想，點頭。「端木玖，端木世家九小姐。」

「那個……九小姐？」十年前「名震帝都」的九小姐?!

「好像是……」不然端木四少怎麼會這麼護著她?!

小玖悠悠的收起徽章。

對於歐陽明敏當眾的嘲笑、圍觀群眾的驚異和議論，她的神情連變都沒變，像完全不放在心上。

「一星魂師，也是魂師，所以我有資格走這道城門，沒意見吧？」

歐陽明敏好不容易才止住笑。

「只有一星，妳也好意思自稱魂師?!妳該不會傻子當久了，連最基本的羞恥心都沒有了吧！」

窩在小玖懷裡的小狐狸突然睜開眼，小玖連忙抱緊牠。

「一星就是一星，我為什麼該覺得羞恥？就算是現在大陸上知名的九星聖魂師，也是從一星魂師開始修練的；難道，妳看到他們也這樣大笑、認為他們該為曾經也是一星魂師而羞愧？」

「妳胡說什麼！我笑的只是妳！」歐陽明敏臉色微變。她再無知，也不敢隨便笑哪個聖魂師，萬一不小心惹怒了哪一個，連家族都不會替她承擔。

「妳有資格笑我嗎？」小玖問得理直氣壯了。

「我可是三星地魂師。」歐陽明敏輕蔑地看著她。

「妳幾歲了？」

「二十三歲。」歐陽明敏更自傲了。

這種天賦放在大陸上，就算不是有名的天才，也是很不錯的。

小玖卻鄙視地看了她一眼。

「妳比我大將近十歲，居然好意思跑來找我麻煩；妳比我大將近十歲，魂階比我高不是很正常嗎？這種事妳也好意思大聲嚷嚷、還一臉得意，妳跟我兩個人，到底誰才該羞愧呀？」

「哪有將近十歲?!只有八歲！八歲！」歐陽明敏差點跳腳。

不要亂給她長年齡！

「八歲也比我大很多。」冷靜的語氣。

「……」因為是事實所以無話可說。

「不過，妳這個三星地魂師，實力也不怎麼樣啊！」小玖又說道。

「就算不怎麼樣，也絕對贏妳好幾倍！」一星魂師？哈！她一根手指頭就可以碾壓她了！

「是嗎？」

「當然！」驕傲得很。

小玖突然笑了。

「噢～～那是誰在天塹森林，從黃昏追到天亮、又找了好幾天，就是沒追到那個應該輸自己好幾倍的人；而且不只是追人追不上，連抓條魚，堂堂三星地魂師，也是跳水好幾天，卻連一條都抓不到呀——」

「妳住口！誰說我抓不到——」歐陽明敏惱羞成怒，直接撲向端木玖。

「四哥！」端木玖一閃身，就躲到四哥後面去了。

瘋女人來了，快快快，四哥上！

端木傲一點也沒留手，直接再一揮手，就把撲過來的歐陽明敏給揮飛了。

「啊——」

「明敏！」歐陽明寬連忙接住人，沒讓自己的妹妹變成空中飛人，當場出醜。

「端木傲，你——」才要質問，結果，他們四人根本沒看他們是不是飛出去、有沒有受傷，已經轉身進城門去了。

無視，比看都不看就揍飛人，更鄙視人！

歐陽明寬滿口的質問說不出來，這感覺，豈止憋屈；簡直是長這麼大沒這麼丟臉過！

圍觀群眾反應很快，見沒戲可看了，立刻繞過他們兄妹，依原秩序紛紛快步進城。

論歐陽兄妹的跌姿，他們可以走開後慢慢再偷笑。

雖然要見三大家族出糗不太容易，不過要看人出糗也要小心被記黑帳；他們不是端木傲，可得罪不起歐陽家族。

進城門後，大家立刻開始聊這件事。

傳說中的傻子九小姐，突現城門！

端木世家驚現一星魂師！

歐陽八小姐在城門被搧飛！

端木四少化身護妹狂魔，揍飛歐陽兄妹！

實力碾壓，歐陽兄妹跌成堆！

……種種聳動的消息，不到一個時辰，迅速傳遍整個帝都。

第三十九章　找碴來了

帝都內城，東區。

寬敞的街道上，人群來來往往。

即使不是熱鬧的商業區，行走在其中，也能感覺到屬於帝都的特色之一——人多。

因為有傭兵工會的存在與各傭兵團的進駐，內城的東區強者匯聚，幾乎是普通人不會隨意走動的區域。

在這裡，天上隨便掉下來一塊冰雹，砸中的不是普通民眾，而是魂師和武師。

也因為幾乎沒有普通人，所以明明應該充滿住宅區馨樂氣氛的地方，被硬生生轉變成雷厲風行、一言不合打一架再說的剽悍風格。

端木傲帶著自家妹妹，從傭兵工會打聽到消息後，直接前往雷火傭兵團的駐點。

夏侯駒和秦肆也陪著。

「四哥，我可以自己去找北叔叔的。」

「我送妳去。」端木傲簡短地說道。

「可是，你不先回本家嗎？」從這裡到本家宅邸，很遠耶！方向完全不同。

「我送妳去。」端木傲定定看著她，眼神很堅持。

小玖無奈。

「妳不想立刻回本家，我不勉強妳，但至少，我要帶妳找到北御前，才放心。」他伸出手，摸摸她的頭。

雖然動作看起來還不夠順暢，但是再多摸頭幾次，應該就可以養成習慣、做得無比順溜了。

端木傲決定，一定要把這個疼愛妹妹的動作練得很自然。

夏侯駒和秦肆在後面看得簡直是——想摀眼。

阿傲（四少）啊，要當個疼妹妹的好哥哥，在對妹妹說話時，至少先把表情練得溫柔一點。

一張冷臉來做摸頭這種親切的動作，看起來很驚悚的！

「嗯，四哥，謝謝。」端木玖笑開。

「不用謝。」端木傲一臉認真地對她說道，帶著她繼續往前走。

「夏侯大哥，你——」

「我和阿傲一樣，陪妳去找北御前；皇宮晚一點回，耽誤不了什麼。」猜到她要說什麼，夏侯駒直接回道。

不說和端木風的交情，單是同行到現在，從有趣到欣賞小玖的個性，讓這趟歷練變得很歡樂。

因此，多護著她一會兒，免得她再被找麻煩，他樂意。

至於父皇會那麼急著找他，大概和帝都大比有關；還不急。

所以四人一起來到雷火傭兵團的駐地。

單看端木傲和夏侯駒這兩張臉，守門的傭兵就直接叫人去報告團長，然後請他們四人進大廳。

一進廳門，就見主位上坐著一名俊美青年，優雅地喝了口茶後，眼眸淡淡地掃過四人。

一頭長髮鬆散紮成束斜放在身前，看似無害又閒散，但那抹眼神，卻讓端木傲、夏侯駒、秦肆三人，心神一震。

連小狐狸都睜開眼看了一下。

端木玖看著他們奇怪的反應。

三個男人，像被嚇到了。

小狐狸平常都不理別人更懶得看別人，現在竟然自動睜眼了。

她狐疑地又看了美青年一眼，正好看見美青年看著她略帶驚訝的眼神，還特別多看她兩眼。

這讓端木玖更有點搞不清楚狀況了。

端木傲與夏侯駒率先回神，微一行禮。

「端木傲見過蒙團長。」

「夏侯駒見過蒙團長。」

兩人幾乎是異口同聲，表情嚴謹，不苟言笑。

秦肆一回神，立刻也跟著行了個禮，然後站在端木傲身後。

就端木玖一個人沒反應。

「蒙團長？」這個稱呼很耳熟，她見過一個。

「小玖，這位是一手創立雷火傭兵團的團長，同時也是大陸上有名的九星聖魂師之一，蒙君。」

端木傲對著妹妹說完，又轉向蒙君：

「舍妹剛回帝都，對帝都之事完全不了解；失禮之處，請蒙團長海涵。」態度恭敬有禮。

端木傲和夏侯駒雖然也是年輕一代的少年天才，但是遇上聖魂師級的人物，他們這點天才，還是要自動往後退。

再如果是遇上那種聞名全大陸、位於大陸頂尖高手的九星聖級人物，那他們收起驕傲的行禮，也是很正常的。

端木玖回想了一下，北叔叔好像有提過，大陸上有十大高手，都是九星聖級的人，遇到他們，要有禮貌。

「端木玖，見過蒙團長。」想到了，她也就蹲身行個禮，神色自若。

「不必客氣，來者是客，請坐。」美青年不以為意，收回視線，就示意他們自便。

四人才坐下，收到通知的蒙亦奇剛好出現。

「四少、皇子、秦肆，九小姐，很高興再見到妳。」看見四人，他一一打招呼；最後對著帶他們進來那個守門傭兵點點頭，傭兵完成任務，立刻就轉身離開，繼續他擔任門衛的任務。

三個男人點頭回禮，小玖好奇地看著他：

「蒙分團長，你怎麼在這裡？」身為雷火傭兵團西岩城分團長，不是應該鎮守在西岩城嗎？

「團裡剛好有任務，所以我就回來支援。」蒙亦奇微笑地回道。「妳來找我，是要找御前的吧！他沒有住在這裡，而是住在仲大師的居所。」

蒙亦奇也是回到帝都才知道，原來仲奎一不是個普通煉器師，而是在煉器師公會裡很有身分的煉器師。

身為煉器師的仲奎一不缺錢，就算人不常待在帝都，但在帝都寸土萬金的內城裡，一樣有棟舒服又寬敞的屋宅。

「這個時間，御前可能還在城門做任務，我派人去通知他，妳就留在這裡等他吧。」帝都很大，不但分內外城、還分四個城區，就算知道地方，要找到人也是有點困難的。

尤其是那種第一次來帝都、或是很少來帝都的人，就算走到迷路也是很正常的。

「在城門做任務？」

「帝都的北、南兩城門，除了皇室護衛隊之外，還有半數是各個世家與工會輪

流幫忙守衛的；御前今天代表雷火傭兵團，去守北城門。」蒙亦奇解釋道。

「那我去找他。」端木玖立刻說道。

蒙亦奇只想了一下，看著那三個男人，就點點頭。

「也好。御前一直很擔心妳，甚至在團裡發了任務要找妳，所以妳快去找他吧，讓他放心。」順便把仲奎一的屋宅地址告訴她。

要是沒在城門找到人，至少她也知道該到哪裡找北御前。

「我知道了，謝謝蒙分團長。」送了傭兵小鎮特產烤肉一份，端木玖拉著哥哥立刻告辭。

蒙亦奇愣愣看著自己手上那包飄著香味的烤肉。

這不是他第一次收禮，但絕對是他收過的禮當中——最特別的。

一般來說，送禮不是酬金、就是魔獸身上有價值的物品或是其他有價值的物品，從來沒有把吃的東西送給他當謝禮的啊！

不過，這烤肉味真香~~而且香味有點熟，是哪裡的呢……

「有意思。」從蒙亦奇出現開始就一直沒再開口的美青年突然出聲。

「叔父！」蒙亦奇驚了一下，連忙轉回身。

他還在這裡喔?!

「她就是北御前當年帶來又帶走的那個，端木家的小女娃兒？」俊美青年很感興趣地問。

「對。」蒙亦奇只能點頭。

「她看起來，一點也不傻啊！」即使是站在大陸頂尖高手級的人，對帝都曾經的「八卦中心」也是很關心的。

「嗯，她前不久才恢復正常的。」蒙亦奇還是只能點點頭。

「端木玖九小姐……端木玖啊……」呵呵呵。

看見叔父的笑容，蒙亦奇頭皮有點發麻。

「叔父，人家只是個十五歲的小女娃，你不會打什麼主意吧？」

「什麼話！我能對她做什麼？」蒙君橫了他一眼。

她的年紀，連他的零頭都沒有呢！他會對一個小娃娃打什麼主意？真是不會說話！

「沒有就好。」蒙亦奇鬆口氣。

叔父雖然是高手高高手，但性格也是很「瀟灑不羈」的，一時興趣常常就會做出一些讓人很難……體會的事。

所以，不能怪他懷疑啊！

九小姐可是北御前的心肝寶貝，背後又有端木家族，叔父別亂來比較好。

結果他這副樣子，又得到自家叔父贈送的白眼兩枚。

「胡思亂想什麼？你呀，該檢討了。」

「我？」檢討什麼？

「連一個剛恢復正常不久的小姑娘都比你強，你在西岩城，該不會都偷懶沒修練吧？太不中用了。」

「叔父，我很認真修練！」這點絕對要嚴重強調。

明明在他西岩城晉級了三個星，叔父前幾天還稱讚過他的，結果今天就變成不中用。

這態度差太多了吧？

等等！

「叔父，你說九小姐……比我強?!」蒙亦奇驚異。

「嗯……」蒙君又看了他一眼，然後確定地道：「你贏不了她。」

「……」真的嗎？

蒙亦奇不太相信，但又覺得叔父應該不會騙他。可是雖然九小姐很厲害，但她才恢復不久，他可是天魂師耶！而且是晉級很多年的天魂師，真的會打不過九小姐嗎？話說叔父又怎麼看出來的？不會是在誆他吧……

蒙君看著自家侄子這一副明明不相信又說不出反駁的話於是只好默默糾結懷疑的蠢樣，實在有點兒不忍直視。

話說他當年在這個年紀的時候，有這麼蠢嗎？

……絕對沒有！

不過，那個「九小姐」倒真的很特別，連她抱著的那隻小狐狸，都很有趣呢——

蒙君嘖嘖兩聲，就跳過這話題，看著他手上的東西問道：

「那是烤肉吧！」

「應該是……」蒙亦奇才點頭，美青年凌空手一伸，一包烤肉頓時沒了一半，等他再放下手時，正優雅地吞下最後一口肉。

「天耀城附近那個傭兵小鎮的特產，口味不錯。」他評論道。

「叔父，你知道？」對喔！難怪覺得香味有點熟悉。

蒙亦奇驚奇地看著自家叔父。

只吃一口──呃，吃半包，叔父就知道這是哪裡來的烤肉了？

還有，叔父竟然會吃烤肉?!

「你來回西岩城那麼多次，竟然連傭兵小鎮的特產都不知道，我看你很需要去天塹森林多歷練幾次……」

「叔父，我錯了，我以後一定會好好觀察每個地方的特色，並且記熟。」被嫌棄的蒙亦奇立刻忘了剛才想追問的，忙著端正態度、誠懇認錯。

身為一手創立雷火傭兵團的男人，叔父最常說的話就是，身為傭兵，不只要做任務，更要學會觀察。

細膩的觀察力，有助於下判斷，不只對作任務有幫助，更有可能在關鍵的時刻救自己的命。

這是雷火傭兵團每個團員都要熟記的準則。

「知道錯就好。等這次帝都的事結束，你就去傭兵小鎮，幫我帶十包特大包的烤肉回來。」男人說道。

「特、大包……」

「嗯，我很多年沒去西岩城了，真是令人懷念的味道……」男人說著，就優雅地進內室去了。

蒙亦奇有點黑線。

「很多年」沒去西岩城，其實是超過一百年了吧！

一百年以上沒吃到的東西，還能一吃就知道，叔父是有多愛這家烤肉啊！

「吃完烤肉，你去北城門吧！」美青年又突然說道。

「去北城門？」蒙亦奇不解。

「人家奶爸和奶娃很久沒見，一定有很多話要說，這種時候你還讓人家守城門，真是太沒人情味了！」連這點都想不到，還敢號稱跟人家交情好；難道交情就是這樣隨便說說的嗎?!

蒙亦奇恍然大悟。

「我明白了。」立刻受教點頭。

對於侄子認錯的態度，美青年很滿意。

「你呀，太年輕了！人生除了修練，也要會做人啊！」

說完，拍了拍自家侄子的肩膀，無視侄子差點被拍倒在地卻硬生生撐住的齜牙表情，美青年滿足了，晃悠悠地走了。

被批評太年輕又不會做人的蒙亦奇：「……」

叔父，跟您比，我當然太年輕。

可是，我也是很會做人的好嘛！

好歹在西岩城分團裡，大部分的人還是覺得他這個分團長很公正很稱職很有範兒的。但——

好吧，叔父的訓示，還是要聽的。

蒙亦奇一把收起烤肉包，腳步一跨，立刻前往北城門。

◈

帝都，北城門。

一隊又一隊的隊伍，乘著各式各樣的飛行魔獸直接降落在城門口，然後一隊隊精神奕奕地走進城門。

與東城門位列兩旁、城門上還列著一隊守衛的嚴謹不同。

在北城門，城門旁並沒有任何守衛，只有城門上，站著一列小隊。

不過依氣勢看起來，北城門的守衛實力，比東城門的高；顯然因為出入的人身分不同，北城門走精兵路線。

駐守北城門的人，除了皇家護衛隊的成員，另外便是各家族與各工會的派出人員。

這也算是一種歷練與任務，怎麼安排人員由各方自行決定。但傭兵工會的做法，是直接列出魂階要求、固定報酬，讓各個傭兵團派員輪流執勤。

今天就輪到雷火傭兵團。

雖然北御前不是正式的傭兵團員，不過算是固定客卿，在傭兵團有需要的時

候，他就會盡量支援。

「你終於回來帝都了。」城門上，皇家護衛隊第十三隊長凱新一早踏上城樓，看到北御前站在那裡，就掄拳與他對擊了一下。

「好久不見。」北御前爽朗一笑。

對於以前在帝都一起當冒險者、做任務而相交的朋友，雖然十年來幾乎沒什麼聯絡，但大多一重逢，就是忍不住想起以前一起冒險的日子。

當時凱新的實力沒有現在好，一起出城，在做任務時，那就是被照顧的那一個。

對北御前這個朋友，雖然不是真的交情多深，可是卻是真心欣賞的。

對於北御前這樣的人卻客居在端木世家，只為了照顧一個小姑娘。

後來又為了這個小姑娘，又離開帝都前去西州，凱新知道時，還為他感到好惋惜。

如果北御前留在帝都，現在的成就一定比他還要好！

「是很久，都十年了，我還以為你不會回來了。」凱新白了他一眼。

北御前還是笑。

如果不是端木家又搞事，他回帝都的機率的確不高。

凱新摸著下巴，一臉奇怪地打量著他。

「不過這十年來……你好像沒什麼變。」

沒什麼變，是客氣的說法。

事實上凱新比較想問的是，怎麼十年來北御前的魂階好像一點都沒變化，還是在五星天階的樣子？

雖然到天階後，每晉一級需要更多的時間與魂力的累積，或者用什麼天材地寶來提升。

但是以北御前的天賦，不應該十年前是這樣、十年後還是這樣才對。

難道西岩城的環境糟糕到讓北御前無法修練？

還是他都把精力拿去養娃兒了所以沒精力修練？

「你倒是改變很多。」意會到他指的是什麼，北御前也沒半點否認，反而坦蕩蕩回答了。

「那是幸運，不然我現在應該還在三星。」凱新也沒追根究柢，就自我感嘆了一下。

半年前，他可還卡在三星天魂師，要不是剛好完成了一項任務，得到陛下獎勵的晶石，他可能到現在還突破不了呢！

「幸運也是實力的一種。」北御前說道。

「這句話我喜歡。」凱新咧嘴一笑。

當然，這不代表看別人太幸運的時候不會想把那個人詛咒八百遍，怨嘆他搶走自己的機緣，祝福他出門跌X坑。

「對了，你這個時候回來，是為了參加帝都大比嗎？」站到他身邊，凱新問道。

「不一定。」北御前本來想搖頭，不過想到小玖，就改答案了。

「還是參加吧！有好東西。」凱新神秘地說。

「什麼好東西？」

「聽說，煉器師公會要提供一樣七星魂器為獎品，另外還有上品晶石。」凱新友情提供內幕消息。

北御前理解地點點頭。

其他獎品不說，只這兩樣，絕對足夠讓所有魂師和武師為之瘋狂。

七星魂器，那可是拍賣會一百年也見不到一次的東西，更不用說拍賣會那種地方，根本沒有一般魂師購買的餘地。

如果帝都大比真的拿這個當獎品，那廣大的普普魂師們，至少也有一點盼頭；就算只是作作夢，遠遠瞻仰一下也是很讓人安慰的。

雖然七星魂器對武師們沒有太大的吸引力，但是晶石有啊！

無論是魂師還是武師，在修練時都可以藉助晶石增加吸收靈氣的速度；對武師們來說，這個獎品比魂器更讓他們想搶！

「怎麼樣，參加嗎？如果想參加，就要準備一下，報名期限只剩三天囉。」凱新提醒道。

身為皇室護衛隊長，今年他沒被選上成為皇室代表隊成員，所以是工作人員不能參與，不過御前還是可以拚一下的。

「我知道了，謝謝。」北御前誠心道謝。

「小意思。」凱新揮了揮手。「真的謝我的話，等城門關閉之後，請我去喝一杯。」

做完任務後一起去酒館喝一杯什麼的，絕對是廣大魂師武師的愛好！

當然，喝酒之後衍生出的吵架打架拆店什麼的，大家也是見怪不怪。

總之，就是達到放鬆心情的效果，然後隔天醒來繼續去拚死作任務。

「沒問題。」北御前豪爽地點頭。

「夠意思！」凱新滿意的一笑，然後就看到底下突然有人鎧化，天魂技就要砸出來。

凱新立刻大喊一聲：

「住手！」

凱斯和北御前兩人縱身一躍，直接飛下城樓。

「端木長老，你這是做什麼？」凱新嚴肅地問道。

「沒什麼，只不過覺得城門太小，我們這麼多人走不進去，所以想把門再開大一點。」端木義微笑地說道。

在他身後，站了一群端木家族的旁支子弟數十人，一個個眼含期待地看著這一幕。

其他更多等著入城的人，則是紛紛停步。

端木家，他們太熟了。

凱新隊長的臉他們也很熟。

但另外一位……

「啊，他是北御前。」有人認出來了。

「北御前？」最近幾年才開始進出帝都的魂師們，根本沒見過他。「不認識。但是這個名字……好像有點耳熟。」

「十五年前，他帶端木家的九小姐……」

「那個有名的傻子?!」不只帝都，端木家九小姐的名聲，當時真是「名震大陸」。

那不是因為出現一個傻子真的有多轟動，而是因為——九小姐的親生父親，是天魂大陸曾經的第一天才。

當時他所創下的晉級紀錄，至少無人能打破，他的人，不知道風靡了多少大陸上的男男女女。

可是這樣有第一天才美名的男人，生下的女兒，竟然是個傻子?!

而且還在十年前被趕出帝都本家。

「……當時，就是北御前帶著傻子九小姐離開帝都。從那之後，就再沒聽過他們兩人的消息，沒想到他卻回來了……」

「那，北御前很厲害嗎？」

「很厲害。」對他們這些一直徘徊在地階的魂師們來說，只能繼續仰望啊！

其他人的議論讓凱新皺了下眉，眼神卻只盯著端木義：

「蓄意破壞城門，就算你是端木家族的長老，也是違反規定的。」

「凱大人誤會了，我並無此意。」端木義笑了笑，轉向北御前：「北御前，九小姐呢？」

北御前連看都沒看他一眼，直接轉身回城樓。

「北御前！你站住！」端木義一個縱身，一掌就要打向北御前。

「小心！」凱新話才出口，就見北御前已經避開身，反手一揮就逼得端木義不得不收勢，後退保平安。

凱新快步上前，站在兩人中間。

「端木義長老，這裡是北城門，禁止無端鬥毆。」

「我還沒進城，他也還沒進城。」現在他們三個人所站的位置，可都在城門外。

城門的守衛，對於未進城門的鬥毆，是無權管轄的。

「端木義長老，你是天魂師，北御前也是天魂師，天魂技有多大的破壞力，不用我說你也明白，你能保證，你們兩個打起來不會破壞城門、不會波及旁人？」凱新一點也不退縮的問道。

「這……」

「帝都規定，未進城門發生的爭執守衛的確無權管轄，但是如果爭執會波及到城門安寧，皇家護衛隊有權驅逐，甚至拒絕讓人入城。」不要忘了，他是守衛，卻也是皇家護衛隊長之一。

大陸雖然以實力為尊，但也同時鄙棄欺凌弱小、肆意傷人這樣的事。

雖然皇家護衛隊管不到各家族門戶裡的事，但是對外的職責一向清楚明白。

禁止胡亂鬧事，維護帝都安寧。

也禁止魂師與武師，任意傷害一般人民。

敢挑戰這種規則，除非那個人實力有高到足以單挑皇室與眾家族，否則還是不要做出破壞律則的事比較好。

端木義如果想試試被拒絕在門外、進不了帝都的待遇，大可以再鬧看看！

「凱隊長，本長老自然記得帝都立下的律則，本長老之所以會出手，也不過是為了阻止北御前離開而已。我找他是為家族私事，這應該不犯法吧？」端木義立刻找到理由，並且神情一派德高望重、道貌岸然的長老樣，跟剛才出手偷襲別人的猥瑣樣子簡直判若兩人。

饒是在帝都習慣和各類人打交道，知道某些人就是對外一副臉、私下一副樣的凱新隊長，也不由得抽了抽嘴角。

不過，別以為這麼說就可以糊弄住他。

「北御前又不是端木家的人，與長老有什麼家務事可言？」

「他雖不是端木世家的人，但是十年前卻帶走本家九小姐，現在九小姐遲遲未歸，難道本長老不該找他要人？」端木義質問。

這種冠冕堂皇的話不但沒嚇住凱新，反而讓他同樣反聲詰問：

「就算要找北御前問九小姐的下落，也可以挑別的時間，現在，北御前是在執行任務中，端木義長老是要因為自己家的私事影響到整個城門的進出和破壞帝都的秩序嗎？」

端木世家的人，最近幾年的行事風格真是愈來愈囂張了，這老頭根本是在找碴吧！

「我想，大家應該不介意本長老處理一點小事。」端木義自得的一笑。

因為端木義突然出手而且堵在附近的其他魂師們：「……」

身後沒有家族的魂師們：呵呵。

就算介意他們也不能說，誰惹得起端木世家?!

身後有家族的魂師們：呵呵呵。

不介意，完全不介意，他們想多看一點端木家族的好戲，多一點茶餘飯後的談資，也好多笑一笑。

所有人：但是看著端木義這種謎之自信和高高在上的俯視神情，就覺得很想扁他。

凱新看了其他人一眼，大概也猜到其他人心裡在想什麼。

「御前，你要和他談嗎？」想了一想，凱新問道。

「沒什麼好談的。」北御前淡淡回道，然後轉向端木義：「我不知道小玖在哪裡，你可以走了。」

三句話，打發端木義。

圍觀魂師們呆了呆。

凱新憋笑。

端木義愣了一秒鐘，然後火氣開始飆高。

「九小姐從小跟著你，你把她當命一樣保護，你說你不知道她在哪裡，我會相信嗎？」當本長老那麼好騙?!

「那是你的事。」語氣無比冷淡。

「你敢把九小姐失蹤的責任推給我?!」端木義難以置信的一吼。

北御前的個性什麼時候改了?!竟然也會誣蔑人?!

北御前回轉過身，眼神上瞄下瞄，一臉懷疑地看著他；看得別人都以為端木義哪裡不對勁了，於是也跟著看。

在幾百人集中注視、上瞄下瞄的眼神下，端木義沒覺得自己萬眾矚目，只有點下意識懷疑……

「怎……樣？我哪裡說錯？」難道自己身上的鎧甲哪裡破了？還是哪裡衣服沒穿好？

「沒有。」北御前收回上瞄下瞄的目光，語氣平淡地回道：「我只是在想，你的腦袋是不是被撞了。」

「你才腦袋被撞！」這傢伙在詛咒他嗎?!

「我剛才的意思是：『你相不相信，都是你的事。』」頓了頓。「這麼簡單的話你都能聽不懂，你的腦袋真的正常？該不會這次帶歷練小隊出城後，在哪裡被魔獸打到頭了吧？」

「……」這、傢、伙、絕、對、在、詛、咒、他！

「……噗。」周圍一陣悶笑聲。

端木義的尷尬變成怒氣，火大質問：

「你怎麼保證你說的是實話？」

「你，值得我說謊？」

這句話，比有證據更鄙視人！

「噗……」周圍一陣更大聲的悶笑。

連凱新都沒忍住的噗哧一聲，但是後面的笑聲就硬是忍住了，咳咳兩聲。

端木義不是端木家族眾多長老中實力最好的，甚至連前半可能都搆不上，但是他最常在外面走動，仗著端木家族是天魂大陸上第一家族的聲勢，對實力地位不如他的人也從來不客氣。

而且為人記仇、小心眼兒。

向來只有他讓別人臉紅脖子粗兼憋屈、找別人麻煩的事，沒想到今天會看到端木義被人氣到臉紅脖子粗又憋屈。

實在是——太令人高興了！

今天晚上去酒館可以為這件事多喝上兩瓶酒！

不過，以前的御前「口才」有這麼好？他怎麼都不知道啊！

看來他要小心一點，千萬不能找御前吵架……

端木義氣過頭，臉沉沉的，但是人已經冷靜下來。

「哼！誰不知道你把九小姐當成命在疼，誰知道你會為她做出什麼事？區區一點說謊，又算得了什麼？」

「我說了，信不信在你；我的答案，你已經聽到了，請離開吧！」不要妨礙其他人入城。

「要我離開可以，你立刻跟我回端木家，將這件事解釋清楚；或者，你打贏我。」端木義擺開架式。

「端木義長老，請不要妨礙我們執勤。」凱新一聽，立刻開口說道；還暗地擔心地看了北御前一眼。

端木義還真執著要找御前的麻煩。

被這麼個小心眼兒的人惦記著，御前在帝都的日子，恐怕要變得很「精采」了。

「帶著你的人，立刻離開。」北御前冷冷說道。

「你能贏本長老，才有資格對本長老說這句話。天魂技——去！」端木義身上瞬間凝聚成一道光球，砸向北御前。

「端木義，你敢！」凱新怒聲一喝。

北御前立刻拍開擋在他身前的凱新，再要閃避已經來不及，心念一動，一柄黑色長槍已出現在他面前，光球正要砸到他面前——

同一瞬間，天外兩道光同時砸到。

三道天魂技的力量砸成一團！

「快退開！城門防禦！」

「嘯——」

「砰！」

三種聲音同時交雜在一起，最後只聽見一聲：

「轟——」

第四十章　師兄?!

所有的動作幾乎都在同　時間發生。

巨大的爆炸聲響起，衝擊的餘勁發出強烈的光芒，伴隨爆炸聲音餘波如浪潮洶湧後潰散，反向四周。

凱新喊退的聲音，完全被爆炸聲掩蓋。

但他來不及再做什麼，只能立刻飛掠到城門那邊，身上魂師印亮起、魂力輸出，啟動城門口的局部防禦，避免城門被破壞，波及城內。

而其他人雖然沒聽清楚凱新的喊聲，卻不代表沒看到，在看見天魂技砸在一起時，圍在城門前的所有人立刻轉身，拔腿飛奔！

就連端木家族的歷練小隊也不例外。

端木義發完大招，沒想到會有這麼強烈的反擊，他轉身也想飛奔逃走，但是身體力氣卻跟不上。

現在他全身魂力空乏，就算這只是餘勁，他也撐不住。

難道天要亡他?!

「不——」

就在端木義臉色灰白，以為自己就要死了的時候，突來另一道魂力及時替他擋開了反彈的餘勁，一名青年男子隨後從天而落。

突然逃過死劫，端木義一時愣怔。

他、他不會死了！

「呼……呼……！」端木義一時腿軟，直接跌坐到地上去，一邊粗喘著氣，一邊等力氣恢復。

另一邊，距離光球最近、又是光球攻擊對象的北御前單手持著長槍，已經及時做出防禦，並且因為距離過近而有受傷的心理準備，但是——他的防禦卻被一個突來的抱摟給破壞掉了！

被抱住那一剎那，身體意識快於大腦反應。

他反手抱住人就要轉身，以背擋住所有餘勁。

但是那些餘勁卻在無聲中突兀消失了！

看地面上的痕跡，四散的餘波，就只有他這邊被破壞得最少，其他三方都被氣勁掃得亂七八糟。

等氣勁過去，眾人再看清楚的時候，只見端木義坐在地上，鎧化已經解除；而他身側站著一名長身傲立的青年。

而北御前——還站在原處，看起來竟然毫髮無傷！

可是大家最注意到的不是他安然無恙，而是他竟然一手拿槍、一手環抱著一個人！

那個人，因為她的臉埋在北御前胸口，所以完全不知道她是誰；只能從背影判斷，那應該是名少女。

她從哪裡冒出來的?!

凱新在解除防禦後，同樣被這一幕震了一下。

這時，空中再度傳來一聲鳴叫。

「嘯——！」

眾人立刻抬頭。

只見鵰影消失，有兩個人從空中落了下來。

「……秦肆?!」也算紅人。

「夏侯皇子！」紅人中的紅紅人！

兩人都站在——北御前那一邊。

目光再轉往最先跳下來的男人——

「端木四少！」眾人了然。

難怪會出手救端木義。

但還有一個，是從哪裡冒出來的？

這時，一句清脆懦嫩的聲音，歡快地響起來：

「北叔叔，我來啦！」

眾人：「……」北叔叔？

「小玖！」北御前摟著她的手臂，頓時再一緊！

但是立刻下一秒，他整個人立刻被推開。

一隻紅色小狐狸就這麼冒出來，直接坐到少女的肩膀上。

牠沒有發出任何聲音，只是一雙透澈的紅瞳，直直盯著他。

北御前心一緊，感覺像被什麼危險的東西盯上了。

眼神一轉——是牠?!

「小狐狸。」少女摸摸牠。

感覺到牠不高興的情緒，雖然不明原因，不過要先安撫。

不然……總有一種不太妙的預感。

小狐狸這才不再看北御前。

那種危機感立刻消失。

還真是因為牠呀！

北御前有點悟。

契約魔獸對自己的主人，是會有獨占慾，不過這隻小狐狸的獨占慾是不是太強了？

雖然會有這種情緒出現，也代表契約魔獸與主人之間的情分愈深，並肩作戰時能發揮的戰力更無限。

但是，自己一手養大的女娃兒就這麼被「獨占」了，北御前也是會有點兒不爽的。

「小玖。」北御前伸出手。

端木玖立刻到他面前，抱住那條手臂，臉上重新綻出笑顏。

「北叔叔，讓你久等啦。」

北御前反手握住她的手，對著她笑了一笑，然後一眼掃過四周，迅速將周遭的情況納入眼裡。

但是看到突然出現的三個男人，北御前還是被驚訝到。

小玖怎麼和他們一起來？

對了，小玖剛剛……是怎麼跑到他面前的？

北御前心裡才閃過疑惑，凱新已經走過來，抱拳為禮：

「皇家護衛隊凱新，見過四皇子。」

「不必多禮。」夏侯駒端肅著臉，問：「這是怎麼回事？」

「是端木義長老……」凱新小小聲地說明著經過。

另一邊，端木義也已經恢復力氣，立刻站了起來，一副剛才跌坐在地的人絕對不是我的嚴肅樣：

「多謝四少援手。」

「長老，你這是在做什麼？」端木傲語氣冷淡地問。

不過本來端木傲就是一個很冷的人，所以端木義也不以為意，半點都聽不出端木傲正不高興，就回道：

「我帶家族子弟出城歷練，一回來，就遇見北御前，我問他九小姐的下落，他卻什麼都不肯說，我擔心九小姐的安危，才會和他起衝突。」

凱新那邊正好說完，就聽見這一句，當下不客氣地說道：

「起衝突？明明是你一言不合就單方面偷襲御前，想殺了他，現在居然好意思說是起衝突，堂堂端木家族的長老，就是這樣顛倒是非、連自己做過的事都不敢承認的孬種?!」

「凱新，注意你的說詞，本長老行事，何時輪到你來批評?!」不過是個小小的護衛長，真以為自己是個什麼了不得的人物?!

「如果不是你在這裡鬧事，你以為本隊長會閒到管你在做什麼事?!」凱新也火了。

剛才的情況他也看到了。

如果不是防禦得當，又有四皇子出手，今天這座城門就要被轟了。

這樣一來，皇室的臉面、他作為護衛隊、以及身為天魂師的驕傲，就要被踩了個徹底。

他還有什麼臉繼續留在皇室護衛隊？

「本長老只針對北御前，凱新隊長剛才如果不是幫著他，根本就什麼事也沒有。」端木義根本不認為自己有錯，相反的，還很氣憤凱新的多管閒事。

這個護衛隊長，根本不知所謂！吃飽太閒！

「你——」凱新簡直被他的無恥氣得快頭昏眼花。

什麼叫顛倒是非、倒打一耙，他真的見識了！這樣的人居然是大陸第一家族的長老，簡直……簡直……

「端木義長老，本皇子不管你有什麼理由，單憑你剛才的舉動，就是無視帝都與皇室的規矩；本皇子現在只問你一句，你要繼續在這裡搗亂嗎？」夏侯駒突然開口，一身魂力，蓄勢待發。

端木玖默默瞄了瞄。

面無表情、眼神冷厲的夏侯駒，看起來和四哥一樣嚇人。

這還是她第一次看到夏侯駒身上散發出這麼強烈的氣勢，無論是身為大陸天才的驕傲、或是身為皇子的尊貴，都讓夏侯駒整個人看起來，更加凜然不可犯，也更加──嚇人。

因為被他緊盯著的端木義，臉色好像有點兒發白呀！

端木義心裡也正驚疑不定。

這夏侯駒一身的氣勢好像不一樣了，壓得他有點喘不過氣。難道……夏侯駒的魂階在他之上?!

「夏侯皇子誤會了，本長老……並無搗亂之意。」

「那就立刻帶著貴家族子弟，速速入城，不要妨礙到其他人。」夏侯駒立刻接著說道。

「這是當然。」眼看找不成麻煩，端木義迅速改變計畫，吩咐已經趕回來的部分子弟，速速將其他人找回來，然後再轉向北御前──身旁的少女。

「九小姐，妳總算肯出現了。」

「她出不出現，與你無關。」北御前側身向前，將端木玖護在身後。

看著他對小玖保護的姿態，端木傲眼神閃了下。

「北御前，無關的人應該是你。她是端木家九小姐，本長老是端木家的執法長老，九小姐的事，本長老比你更有資格管。」端木義義正詞嚴地說，還輕飄飄補了一句：「北御前，你只是個外人。」

剛才沒有如願將北御前打倒，反倒差點把自己賠進去，端木義還憋著氣，現在，當然也要氣氣北御前。

他照顧端木玖長大又怎麼樣？陪她在西岩城十年又怎麼樣？

他不姓「端木」，只是個外人，跟端木家族一點關係也沒有，沒資格介入端木世家的家務事。

北御前卻一點沒有被氣到。

「你，也不過只是個長老。」同樣輕飄飄地回他一句。

「……」結果端木義反被氣到。

北御前轉向端木傲：「你怎麼說？」

「小玖先跟著你。」端木傲言簡意賅地說。

「四少爺?!」端木義錯愕。

「義長老，你帶族中子弟出外歷練，一路辛苦，先回本家吧。」端木傲淡淡說道。

「不行，我——」

「義長老，不要忘了，你現在是在執行家族任務，如果族中子弟因為你的個人行為出了任何差錯，你要全權負責。」真以為回到帝都就安全了嗎？「還有，你剛才在北城門的行為，我會回報大長老。」

「四少爺，我——」

「需要我現在就將大長老請過來嗎？」端木傲再次打斷他的話。

端木義氣得咬牙。

端木世家雖然不怕別人找碴，但是也不能引起公憤；他對北御前出手是小事，可是被皇室找碴，大長老一定不會放過他。

端木義很快評估利害關係，覺得自己得先忍這口氣。

「四少爺……多謝提醒。但是讓九小姐回本家，是家族的決定，四少爺難道不該服從嗎？」

「我不知道這件事。」

一句話，端木義頓時被噎住。

這才想起來，四少已經有半年以上沒回本家，不知道本家下的命令也是正常的。

但為什麼……端木義就是覺得自己被憋屈了。

「走吧，進城。」見歷練小隊的人都回來齊了，端木傲不再廢話，率先走進城門。

端木義見狀，只好咬牙放棄自己本來的打算。

但是，別以為這樣就沒事了。

「九小姐，妳不回本家，就等著家族的處分吧！」說完，還哼了一聲，這才轉身離開。

端木玖根本沒空理他，只顧著安撫肩上快炸毛的小狐狸。

小狐狸，現在不行！

他欠燒！

我們逮機會再修理他。現在就燒，很麻煩的。

……好吧。

端木玖這才鬆口氣，趕緊順牠的毛。

小狐狸還是一副睡樣比較好，炸毛的小狐狸太危險了呀——對別人來說。她現在還不想太引人注目。

端木世家的人離開，等於鬧事的人也離開，北城門的秩序立刻恢復正常。

趕著進城的人，就進城。

趕著出城的人，就出城。

不過，剛才在場的人，可親眼見識到一招的火拚場面啊！

而且後來還出現端木傲、夏侯駒等人，有他們在，這次大比的競爭一定會更加競爭、更有看頭。

那種五年一次的熱鬧場面，真讓人太迫不及待了。

看端木義走了，夏侯駒走到端木玖面前：

「小玖，我就送妳到這裡；如果妳在帝都遇到什麼困難，隨時來找我。」夏侯駒給了她進皇宮的通行令。

「謝謝你，夏侯大哥。」端木玖抱著小狐狸，乖巧地道謝。

「不用客氣。」這副乖巧樣，夏侯駒一時沒忍住，也做了一個和端木傲同樣的動作——摸摸她的頭。

還真別說，觸感挺好的呀！

難怪阿傲那麼愛摸。

端木玖有點哀怨。

跟他們一個個像喝了生長激素、長得人高馬大的男人們比起來，她的確是很嬌小，但也沒有小到像小娃娃好嗎，一個個都喜歡把她當小孩子一樣的摸頭鼓勵是怎麼回事？

北御前就直接動手了——抓開那隻搗蛋的手。

沒看到小玖不喜歡嗎？還有，身為皇子，有點氣質，不要隨便對小女娃動手亂摸！這是騷擾！

被當成色狼來防範的夏侯駒：「……」

「御前，這位就是……端木九小姐？」凱新很好奇地一直看著她。

「她是小玖。」北御前介紹：「他是凱新，皇室護衛隊第十三隊隊長，也是我在帝都時的朋友。」

「凱新叔叔好。」端木玖非常乖巧地行禮。

「你、你好。」但是這麼嬌滴滴的姑娘，這麼乖巧地打招呼，讓每天忙著訓練護衛隊和抓人的凱叔隊長，頓時有點手足無措。

這是嬌滴滴的小女娃呀！不是他每天操練的那群熊孩子，他得收斂一點嗓門，不能嚇到她。

「對了，這是見面禮……」神識在儲物戒裡找了又找、找了又找，扼腕地發現，他這個平常相處的都是爺兒們、熊孩子，本身也是大爺兒們的人，身上帶的東西，根本沒有適合送給小女娃兒的！

暈！

以後一定要記得買點小女娃愛的閃亮亮的漂亮東西，以防不時之需。

凱新好不容易找到一塊晶石，男女老少通用。立刻拿出來：

「給。」

端木玖看向北御前，北御前對她點點頭。

「謝謝凱新叔叔。」端木玖這才收下，然後掏出一包很熟悉的烤肉包，反遞出去：「凱新叔叔，做任務辛苦了，這個送你吃。」

生平沒被小女娃送過慰問禮的凱新有點呆。

御前家的小女娃，雖然嬌滴滴的不符合大陸上那種推崇強者的審美觀，但是她真的很可愛呀！

「小玖，我呢？」眼見小玖一直把烤肉包送出去，夏侯駒有點哀怨。

「夏侯大哥，你一路吃很多了耶！等你回皇宮之後，應該有更多好吃的吧？」

不要一直惦記她的「存糧」啊。

「可以當點心。」

「皇宮裡缺點心?」端木玖偏著頭,表情很是疑惑。

「小玖……」不會這麼無情無義的真不給他吧?

「夏侯大哥,祝你吃點心愉快。」速速奉上一包烤肉,順便附上祝賀詞。

因為,夏侯駒這麼一個五官俊朗、身形高壯的漢子,卻露出一副委屈有如小媳婦的表情,實在是——太滲人了。

「小玖真是好妹妹。」夏侯駒才不理會滲不滲人,收下烤肉包後,就轉向北御前:「北叔叔,你和小玖先回去吧。」

被稱作「北叔叔」的北御前,差點繃不住臉上沉穩冷靜的表情。

這三個字小玖叫起來,很甜很親切。

但被夏侯駒叫出來——北御前表示:他不想當一個皇子的叔叔啊!

「夏侯皇子,請直呼我名字就可以。」北御前一點都不想以後聽一次、嘴角抽一次。「守城門是我今天的任務,在城門關閉之前,我不能先離開。」

「小玖叫我一聲大哥,我跟著她稱呼您『北叔叔』是應該的。」夏侯駒笑了一下。

北御前:「……」他和小玖很熟?這麼套近乎,該不會……對小玖有什麼非分的企圖吧?

想到這裡,北御前看夏侯駒的眼神,那已經不是剛才那個見到一個後輩天才該有的客氣有禮，而是審視和戒備了。

凱新：「……」夏侯皇子是這麼親切敬老尊賢有禮貌的人?!他在皇室護衛隊二十幾年怎麼都沒聽說過？

其他人：「……」總覺得好像發生了什麼事他們卻一點都沒看出來，好想知道啊……

覺得自己好像被當成某種危險人物的夏侯駒摸摸鼻子。

「北叔叔，你先離開沒關係，我——」

「今天的任務，我來接手吧！」

夏侯駒還沒說完，另一道聲音同時響起，蒙亦奇大踏步從城門邊走過來。

「你怎麼來了？」北御前挑眉。

「九小姐先來傭兵團本部找你，然後我家叔父認為，你們剛重逢應該有很多話要說，就叫我來做任務了。」想到自己被「再教育」的情景，蒙亦奇內心還是有點淚流的。

「那就麻煩了。」北御前毫不猶豫就同意。「各位，先失陪。」然後牽著小玖就往城門裡走。

秦肆默默跟隨在後。

「你怎麼沒跟著端木家的人走？」雖然他一直沒出聲，但是北御前可沒忽略這麼大一個人，就一直默默站在小玖側後方的位置。

「四少要我跟著九小姐。」秦肆簡短地說道。

北御前點點頭。

「那你一起來吧！」

◈

以距離來看，雖然從北城門到仲奎一的屋宅，比北城門到雷火傭兵團的駐地近。

但這種近，差別並不是太遠。

比起他們剛才坐秦肆的契約獸飛行所花的時間，北御前只用了不到一半，就把他們從北城門帶回到仲奎一的屋宅。

沒放出契約魔獸，但跟在後面的秦肆因為北御前的速度太快，不得不借助自家魔獸的飛行能力。這才第一次發現，把魂力用來「飛著趕路」，即使有著天魂師的魂力，也還是會不夠用的。

最沒花力氣的，就是端木玖了。

北御前幾乎是一路帶著她飛行，讓她很有閒心地見識了一下北叔叔的實力之一——速度。

雖然每個天階高手都能騰空飛行，但是能在空中多久、速度有多快、是不是有飛行類契約魔獸提升速度，其中的差別是非常大的。

「北叔叔，你的速度好快！」

看秦肆的狀況就知道了，北叔叔這種速度，絕對碾壓一般天魂師。

「這是有原因的，以後妳自然就明白了。」北御前摸摸她的頭，就走向門前，像是隨手揮了一下，屋宅的門就自動開了。

秦肆沒察覺什麼不對勁，端木玖卻眼神一亮。

「難怪仲大叔的屋子裡，沒有任何人。」

之前端木玖就有注意到，在這裡住的人大多有身分、有名聲、有地位。套句她前世的形容詞，這裡就是所謂的高級住宅區啊。

能在這裡擁有屋宅的人，肯定也不缺傭人、保鑣、看門的守衛等等。但仲大叔的這座宅院卻沒有人看守。

要知道，在這個大陸上的鎖門，就真的很單純的只是鎖門，沒有什麼防盜、保全裝置的。

沒有人看守的話，被闖空門或被尋仇什麼的，簡直太容易了。

這樣可不安全。

可是現在，她大概明白了。

「奎一不喜歡自己的屋子裡有其他不相干的人。」說完，北御前示意秦肆隨意，然後才讓端木玖在自己面前坐著。

「北叔叔，讓你擔心了。」端木玖有點愧疚。

她比北叔叔預估的，還要晚了很久才到帝都。

「沒關係，妳沒事就好。」其實，在天塹森林失去小玖的蹤影，北御前一度非常後悔。

但是，小玖不再是過去那個需要他時時護住的小玖。她的身分，也注定她不可能一直沒沒無聞，一旦走上大陸，就必然要面對各種挑戰與危險……

她的實力，他是驗證過的，他要對她有信心。

相信她，相信「他」的孩子，不會這樣輕易就被打敗。

抱著這種信念，北御前才能耐心的在帝都等待，而不是再回天塹森林裡去找人。

「小玖，離開西岩城後，妳去了哪裡？怎麼現在才到帝都？又是怎麼會和端木傲、夏侯駒他們遇上的？」

「沒有去哪裡，我一直在天塹森林裡到處玩。在離開西岩山脈的傭兵小鎮裡，先遇到夏侯大哥、又遇到四哥……」小玖簡單地把自己的經歷說了一遍。

不過，暫時保留了拜師和黑大的事。

「端木聰竟然敢偷襲妳，真是找、死！」北御前聽到天耀城的事，臉色頓時一冷，表情卻笑了。

「北叔叔別生氣，他已經死了。」端木玖趕緊滅火。

北御前一頓。

「那真是太、便、宜、他、了。」

北叔叔這時候的怒火，比剛才被端木義找碴的時候，還要大。

「北叔叔，別生氣，我也沒有吃虧呀。」端木玖趕緊安撫。

雖然生個死人的氣很蠢，北御前還是很不高興；不過……想到他得到的消息，他可以暫時壓住怒火。

要算帳，後面還有很多人排隊，他可以好好想想，怎麼算才能出三口惡氣——除了他，還包括和小玖最親的兩個人。

「除了端木聰，還有誰找妳麻煩嗎？」

「沒出手的，都被我氣回去了，沒什麼。」算起來，歐陽家和公孫家的人，對她算客氣了，反而是自己家的人，動不動要殺她。

「宅鬥」果然好可怕。

「我還遇到兩個很有趣的人——」那兩組相愛相殺的傭兵團。

北御前一聽就笑了。

「大地傭兵團和無敵傭兵團，雖然名氣沒有雷火和疾風大，卻也是傭兵工會中排名前五的大型傭兵團。聽說兩個團的團長曾經是好朋友，後來不知道為什麼鬧翻，每見面必吵、有機會就打架；只要這兩團的人碰在一起，就沒有不吵的。」兩個少團長，很顯然也繼承了這項優良傳統。

「不過吵架歸吵架，這兩個傭兵團的人，卻是實實在在的講義氣、行事光明磊落的傭兵團，從上到下相處猶如一家人，實力也很強大。

所以，這兩個傭兵團即使實力最高的團長只是七星聖魂師，但在大陸上，也沒有人敢隨意招惹。」

端木玖立刻就聽出了北叔叔的言外之意。

「北叔叔，你想告訴我，『人和』也很重要嗎？」

「嗯。雖然不必刻意去認識誰，不過如果有人對妳好，妳也可以回以善意。只要對敢打妳主意的人心狠手辣就行了。」端木家那些長老、公孫家和歐陽家的小輩們，他記住了。

「嗯，我懂的。北叔叔，我在天塹森林裡打了不少魔獸，然後用獸晶和魔獸身上的材料換了很多金幣喔！不過又全都花掉了。」端木玖有點心虛。

她好像很會花金幣啊！

「買了什麼？」北御前卻一點都不以為意。

在他看來，小玖想怎麼花金幣，就怎麼花。

「吃的、用的、玩的、看的、有趣的、觀賞的，都買了。」其中，食物絕對是大宗。「對了，在搭飛鷲來帝都的途中，我還買了這個。」

小玖心念一動，三個半人高的盆栽就出現在地上。

「綠木汁液。」北御前一看就知道那是什麼。

「北叔叔知道啊？」

北御前點點頭。

「妳小時候，我還買給妳喝過。」

「咦，有嗎？可是我不記得。」雖然她之前是個傻子，但在她醒來之後，她經歷過的事，她明明都記得。

「因為那個時候，妳還很小；而且那時候我只拿了白色的汁液，大概喝了半年，就沒再喝了。」

很小，指小玖牙齒還沒長完全，咬不了東西的時候。

端木玖秒懂。

「無齒」時代的事，難怪她沒有太多印象。

「北叔叔，你喜歡喝嗎？」

「還好。」不會不敢喝，但也沒有特別喜歡。

白水沒味道，黑水、褐水太苦，北御前絕對不會承認，因為他討厭苦味道，所以再沒買過。

端木玖當下拿出一個圓壺，從褐綠木上取出汁液，然後抱過小狐狸：

「小狐狸，小火，煮沸。」

「……」牠的火是用來燒人放大招，不是用來煮東西的好嘛！

雖然內心裡很黑線，但小狐狸還是放出火，而且很配合的只放出最小、最不燒壺的火焰，慢慢煮著褐色的汁液。

才一會兒，一股濃烈卻香醇的味道立刻飄散開來。

北御前看著那只壺、又聞到香氣，再看到小玖拿出一個大杯，取出白色汁液，再蓋上蓋子，一壓。

杯子裡頓時傳出一陣「哐啦哐啦」的聲音。

「這是在做什麼？」北御前和秦肆都很好奇。

「打泡泡。」端木玖回道。

看到圓壺裡的汁液已經沸騰了，她立刻讓小狐狸收火，然後將圓壺裡的汁液倒進五個杯子裡。

深褐色的汁液冒著熱騰騰的煙霧，一倒出來，周圍的香氣又更濃了。

小玖接著按停大杯，然後再把一堆白色泡泡倒在褐色汁液上。

五個杯子當下被一堆白泡泡蓋滿了。

最後再淋上一點糖汁。

「北叔叔、秦肆，喝喝看。」還附上小湯匙喔！「如果覺得不夠甜，可以再加糖汁；對了，小心燙。」

剩下的三杯，一杯是小狐狸的，一杯是自己的，一杯收起來。

北御前和秦肆都是知道褐色汁液有多苦的，但是看小玖（九小姐）弄得這麼費工，當下也抱著試一試的心理，喝了一口。

味道，還是苦。

但是喝下喉，卻很順味。讓人想再喝一口。

糖汁，又為汁液增添了另一種味道。

但這喝起來，跟單純的加熱或者把兩種汁液混在一起、甚至加糖的味道都不一樣。

多了一種細緻、也多了一種溫潤。

「好喝。」北御前讚道。

秦肆也跟著點點頭。

小狐狸盯著自己的那一杯，沒有喝，滿臉深沉。

「小狐狸？」好嚴肅的表情。

小狐狸突然前爪一掀，連杯帶湯匙頓時消失，然後，趴下睡覺。

端木玖：「……」小狐狸這是要喝還是不要喝呢？

還是……在耍脾氣？

北御前看著這一人一狐的互動。

「小玖……」這隻小狐狸……

還沒說完，外面已經有人喳喳呼呼衝進來。

「阿北，我聽到有人說你家的——」小姑娘已經來帝都了。

後面的話還沒說出來，急匆匆衝進來的仲奎一，就看見端木玖坐在北御前面前，外加一個秦肆，三人正在喝東西，一副愜意樣。

滿屋子味道還好香！

他那麼辛苦打聽消息衝回來，結果一點功勞都沒搶到，好心酸喔！

而且他們還丟開他聚在他的屋子裡喝茶聊天！更心酸了。

但是仲奎一還沒來得及「哭訴」，一進屋子裡，右手手指上傳來的灼熱反應，已經吸引了他全部的注意力。

「竟然……有反應了……」仲奎一錯愕。

一抬頭，直直看向端木玖。

195

第四十章 師兄?!

小玖摸著隱形的戒指，表情同時驚愕地看著仲奎一。

沒想到她這麼快就遇到讓戒指有感應的人，而且這人還是——

「仲大叔?!」

……師兄?!

第四十一章 無良師父，怨婦師兄

仲奎一覺得自己好像被雷劈到了一下。

一回神，就拉起端木玖。

「阿北，你家的小姑娘借我一下。」然後就奔往後屋去了。

小狐狸及時跳進端木玖懷裡，跟著去了。

完全沒機會阻止的北御前：「……」

奎一的性子好像愈來愈急，愈來愈不靠譜了。

「北大人，九小姐……」秦肆猶豫，要不要跟進去。

「放心，沒事的。在這裡，你可以隨意走動，也可以在左側的後屋中，挑一間房稍作休息。」

「我在這裡等九小姐。」秦肆正襟危坐。

四少要他跟著九小姐，他得看到九小姐平安無事才行。

匆匆把端木玖拉進一個房間裡，仲奎一不忘關上房門。

這個時候，他完全沒心情跟阿北說笑，也顧不得問小玖是怎麼來的之類，他只關心一件事：

「妳怎麼會有這個戒指？」

「是師父給我的入門禮。」端木玖現在已經冷靜下來了，但看著仲奎一，還是有點無言。

「入門禮……妳師父是……」

「樓烈。」

仲奎一一震。

終於有消息了！

仲奎一激動地一把抓著她。

「妳在哪裡碰到他的？他好不好？他怎麼會收妳為徒？又跟妳說了些什麼？他現在在哪裡？」

「仲大叔，你冷靜一點。」

要不是身分不對、性別不對，仲大叔這麼激動、這麼急切、這麼慌張、這麼期待、這麼緊張、這麼什麼都顧不得的模樣——

幾乎可以聯想成：師父對仲大叔始亂終棄，害得仲大叔千里追人，遍尋不著又苦尋無果，不知道擔心了多久傷心了多久幾乎就要死心，現在卻乍然有了消息，仲大叔失控得連北叔叔都丟到一邊了。

咦，這樣好像又變成仲大叔對北叔叔始亂終棄……囧。

「好、好，我冷靜。」

「先坐下來。」端木玖推著他在椅子上坐下。

「好。」仲奎一完全照辦。

端木玖這才開始說：

「我是在天塹森林遇到師父的，當時，其實是碰到一具浮屍……」

仲奎一慢慢聽完，這時候他已經完全不激動了。

浮屍？

他嘴角抽了抽。

師父在搞什麼？

他不是很講究英俊瀟灑、玉樹臨風、風靡萬千少女、勾動萬千少男、一出場必萬眾矚目、令人驚豔的美學，怎麼會讓自己變成一個連正臉和後腦勺都分不清楚、比流浪漢還要慘的——流浪浮屍？

但是，講究美味，就算死也要吃到好料的這一點，絕對是他家師父無誤！

等等……那個浮屍！

當時，他和阿北也在的，他怎麼就沒認出——不對，師父那造型，誰認得出來啊！他當時還以為是什麼雜草咧！

能把自己的玉樹臨風美男樣弄成那副鬼樣……仲奎一馬上原諒自己沒能及時認出師父的錯。

「我本來不想拜師的……」這一定要抱怨。

仲奎一聽得愈來愈面無表情。

追著個少女滿山遍林的亂跑。

師父，你真是「好樣兒」的！

……當你自己還是十七、八歲，遇到漂亮女娃不追到不甘心的青春少年兄嗎?!

「但是我跑不贏師父……」委屈。

「乖，妳辛苦了。」仲大叔立刻安慰道。

青蔥小女娃兒遇到師父簡直大不幸。

「只好拜師……」

後面她得到入門禮，又之所以現在才到帝都，在天塹森林逗留那麼久，仲奎一不用想就知道為什麼了。

師父雖然做人不靠譜，但為人師父，還是很靠譜的。

既然收入門下，就一定會把該教的基礎全都教給她，確定她記住了，才會讓她離開——

「妳離開前，師父有考試嗎？」

考試？端木玖想到她的兩項作業，就點點頭。

「有啊。」

「妳通過了？」

「嗯。」再點頭。

仲奎一在心裡算時間。

所以，她只花了兩個月、還是兩個月多一點的時間，就學完了師父教的基本知識?!

那些什麼煉材大全、煉器知識、煉器手法……都記全了、學會了?!

仲奎一頓時轉身，想找牆角窩一下。

不要理他，他需要靜靜……

「仲大叔？」戳一下。

「……」不要理我。

「仲大叔？」戮戮兩下。

「……」讓我靜靜。

「……師兄？」

「——」立刻抬頭。

太、太陌生的稱呼，再想到師父已經收徒的事實，仲奎一又心酸了，恨恨地說了一句：

「師父太沒良心了！」

端木玖：「……」這畫風轉變太快，她有點搞不清楚狀況。

「師父知道我們認識嗎？」哼！牆角不窩了，仲奎一站起來，很有大人樣地問道。

「不知道吧。」師父沒告訴她。「師父只說我有兩個師兄，有緣自然就會碰到了。」戒指就是用來認親的。

「……」這句話絕對是真的。

因為同一句話，仲奎一也聽過。

「師父還說：師兄們，會很『照顧』師妹的。」叫她不用客氣。

仲奎一：「……」這話聽起來好像不太對勁。

「仲大叔，你不會讓別人欺負我的，對不對？」笑咪咪。

仲奎一只能點點頭。

這句話聽起來沒什麼不對。

作為師兄，不讓人欺負師妹，是應該的。

「那就好。」更笑咪咪的。

「……」但是這抹笑容，偏偏讓他覺得就是有哪裡不對。

阿北家的小姑娘，很乖。

但是被師父看上的小徒弟，乖不乖嘛……

基於對那個……很難形容個性的師父的了解，仲奎一頓時對第一句話沒把握了。

師父……應該……不會教小徒弟……坑師兄……吧？

仲奎一默默又看了小玖一眼，安慰自己：

就算他不相信師父的眼光，但對阿北教出來的小孩，還是有信心的；阿北比師父靠譜多了！

「對了，那師父呢？」被師父突然收小徒弟、又被這個小徒弟的身分兼天分打擊到的仲奎一，終於恢復正常了。

「我離開天塹森林的時候，我們就分開了。」

「那師父現在還在天塹森林嗎？」仲奎一追問。

「應該不在吧……」不需要月銀魚了，師父應該不會繼續當「浮屍」吧……

「那他有沒有說要去哪裡？」

「沒有。」

「這樣……」仲奎一失落了一下，又振作起來。「那妳和師父最後待的地方是哪裡？」

「仲大叔師兄，你想去找師父嗎？」

「小玖，隨便叫一種就可以了。」仲奎一嘴角抽了抽。

仲大叔師兄，也不用叫得這麼複雜啊。

「仲大叔。」小玖從善如流，就叫一種。

「我想去找師父。」仲奎一正色說道。

「為什麼？」

「師父，在三十五年又八個月零九天之前，沒說一句話就跑了。從此沒消沒息、沒人沒影、生死不明，我一直在找他。」

端木玖秒懂，終於說出來：

「仲大叔，你被拋棄了呀！」最後那一句話，仲大叔根本是說得咬牙切齒。

師父果然對人始亂終棄了。

仲奎一僵硬。

「不是拋棄，是師父不告而別。」

「……」基本上是一樣的吧。

都是丟下人就跑了。

仲奎一被小玖同情的眼神給惹毛了，差點拍桌。

「師父本來就很不著調，他突然不見、丟下一堆煉器師公會的事不管、還欠了別人好幾個魂器沒煉，重點是，他煉材拿走了沒留給我半個，害我為了替他還債，不知道跑了多少地方找了多少煉材，流血流汗多久才終於把他欠人的東西煉好還完；又被煉器師公會逮到，替他坐鎮公會十年，每天都處理那些處理不完的阿里不達的事情，好不容易終於坐監期滿，就開始滿大陸的找師父直到現在——總共二十五年又六個月零九天，總、算，有他的消息了。」

很好，他還整個人好好的，活蹦亂跳，非、常、好！

「……」仲大叔的怨氣好大。

端木玖抱著小狐狸，空出一隻手，默默遞了杯茶水過去。

仲奎一一口乾光！

真是不說不氣一說都是氣，一杯水根本澆不了充滿怨氣的怒火。

「其實……」

小玖才開口，仲大叔就一拍桌！

「師父真是太沒有良心了！」無良的老頭！

「……」師父，師兄的怨婦氣太大了，請恕小徒兒安撫不了，以後師父你自己來吧！

拍完桌，仲奎一的心氣終於順了。

「小玖，嚇到妳了。」正常的笑容。

「沒有。」仲大叔這就消氣了？

「那就好。」他會把怒火留著，等找到師父再對他噴！「師父，真的沒什麼事，對吧？」他再問一次。

「這個……」小玖遲疑，仲奎一臉色就沉了。

「他怎麼了？」

「他沒事，只是需要時間休養，放心吧。」怨氣再怎麼大，仲大叔還是關心師父的。

不告而別又讓人擔心，師父真的有點沒良心。

小玖的心，決心偏向仲大叔一點兒。

仲奎一考慮了三秒鐘，覺得小玖的話應該是可以相信的，這才放心。

「那他有沒有說，什麼時候回來？」

「沒有。」

「……」師父會不會連小玖也騙了，自己躲到不知道哪個犄角去，再混三十幾年沒消沒息？

「仲大叔？」

「沒什麼。」仲奎一想了想，還是再問一次：「師父的身體……真的沒事？只需要休養就好？」

雖然師父什麼都沒說，但他們師徒朝夕相處好幾年，師父身體看似無恙，但是仲奎一就是覺得怪怪的。

後來師父直接玩失蹤，他就知道，那個不對勁應該是真的了。

而能讓師父直接玩失蹤，表示那個問題不小。

師父對他可以玩失蹤，對外的宣告，說是出外遊歷，歸期不定。

有這麼一個「歸期」壓著，對某些人就有一定的震懾作用。

仲奎一也才能做一些安排，他本身也才能更安全一點。

「嗯，真的只需時間休養，不會有事的。」這點小玖是可以保證的。

「那就好。」仲奎一總算安心，不過，現在又有問題了。「師父有交代妳什麼事嗎？」

「多練習，多看書。」

煉器，當然需要累積經驗，愈多愈好；可不就得多多練習。

看書——師父給的書看熟記要理解要應用自如，另外她還有別的書要看，還要多修練。

很忙的。

「除了這些呢？他有沒有要妳考煉器師資格？對了，師父考妳什麼？」問到最後，仲奎一都好奇了。

當初，師父是每年考他一遍，平時就讓他修練、自己收集材料，然後考試時，就用自己收集到的材料煉出自己最滿意的作品。

另外還要考他的對戰實力，每次都免不了被師父打趴的命運。

那時他魂階低又沒有錢，師父也不給，還說：作為男孩子，最低的本事，也要能自己養活自己，去，自己去想辦法賺錢去！

他只好去做任務，賣東西來作為生活費，再想辦法收集材料、更不能荒廢修練，簡直苦情的連睡覺都會作惡夢。

師父應該不會也對小玖這麼考吧？

小玖才恢復正常不到四個月啊！

「考我——」小玖才開口。

「叩叩」。

「奎一，你和小玖談完了嗎？」北御前等不到他們兩個出來，決定自己來問了。

仲奎一立刻去開門——這個門是他特製的，從外面是打不開的。

「阿北！」撲抱。

嚶嚶嚶。

北御前：「……」

「阿北，我家那個無良師父終於找到了！」

「……」那不是好事嗎？

「但是他又跑不見了。」

「……」理解。

「師父收了個小徒弟。」

北御前一怔，直覺看向小玖。

小玖回給北御前一抹純真的笑臉。

北御前一把推開還在嚶嚶嚶委屈的仲奎一，大步跨到小玖面前。

「這是妳在天塹森林逗留那麼久的真正原因？」他面無表情地問。

「北叔叔，你生氣啦？」

北御前依然面無表情。

「北叔叔，我本來想私下再跟你說的，這件事，我暫時不想讓端木家的人知道。」她期期艾艾。

她也沒有特別想要瞞著四哥或秦肆，不過在所謂的「婚約」和確定端木家族對她的態度之前，多保留一點，對她應該比較有利。

「我明白。」揉揉她的頭。

小玖……在恢復正常後，心智、行事，愈來愈像某人了。

「謝謝北叔叔！」小玖高興地抱住他一隻手臂，笑得一臉開心。

「阿北……」仲奎一的聲音幽幽。

北御前、端木玖看著他。

「你竟然不理我！」指控。

端木玖：「……」仲大叔，你哀怨得真的太久了，而且真的愈來愈像怨婦了啊！

北御前：「……」大擔心又放心之後，奎一就更愛玩了。

但現在好歹小玖在這裡，有點長輩樣吧！

「哼，我就知道，好朋友交情都是假的，你也沒良心！」都不給他玩的機會，差評！

北御前無語。

「仲大叔，會讓你玩的不是好朋友，應該是父母或小孩。」端木玖一本正經地說道。

父母或小孩？他兩樣都沒有。

「為什麼小孩是用來玩的？」一般來說，小孩子是用來疼愛、傳承家族或是教導他們、對他們嚴格要求的吧。

「這個嘛……我好像記得小時候，有一次北叔叔在餵我吃飯，結果有人一直把我要吃的菜用筷子劫走……」

這畫面似曾相識。

那一回情況是這樣的。

北御前抱著當時還是小娃娃、走路還不是很順當的小玖到飯館吃飯，仲奎一也來了。

看著好友一直餵小朋友、小朋友乖乖張嘴一點也不鬧的模樣，仲奎一突然開始搗蛋了。

北御前夾一樣菜、他劫一樣；夾兩樣、劫一雙；夾第三次，再劫……如此這般十幾次……

沒吃飽的小小玖，眼汪汪地看著北叔叔。

仲奎一還笑著輕捏她嫩白的小臉蛋，想看看她會不會有反應。

結果，她只是眼汪汪地看著他、看著他、一直看著他。

看得仲奎一都心虛了啊！

然後就打個小小的呵欠，倒進北御前懷裡睡著了。

「那個時候雖然我睡著了，不過我就記得一件事，小孩，是可以用來玩的。」結論。

北御前：「咳！」白了某人一眼。

仲奎一：「……」我錯了，不應該趁小玖還小小的、什麼都不懂的時候，就「以身作賊」，教壞了小朋友。

「小玖，不要學你仲大叔，他不靠譜。」身為奶爸，要及時糾正自家小孩的錯誤認知。

「誰說我不靠譜，我有打聽到小玖的消息。」仲奎一替自己抗議。

「小玖先找到我了。」

仲奎一：「……」

「不過，奎一，謝謝。」雖然互相吐槽，但是仲奎一挺他到底的義氣，北御前還是要說聲謝。

「就算你說謝，我也不會感動的。」哼哼。

端木玖：「……」仲大叔兼師兄，你這反應，就叫傲嬌啊！

北御前露出淡淡笑意。

「那我以後不說了。」

「要說！」仲奎一立刻反對。「不說，你怎麼會記得本人對你多有義氣，檢討你平時要對我好一點？」

「喔。」

「喔什麼喔？要身體力行。就像剛才，我很認真在外面打聽消息，結果一回來就看見你和你家小孩喝好料聊是非……」

「仲大叔，你的。」小玖立刻奉上剛才多做的那一杯，表情笑咪咪。我們喝好喝的，沒有忘了你喔！所以仲大叔，別再怨婦啦！

「這、這還差不多。」仲奎一絕對不承認，他是被香味誘拐了，喝了一口，眼睛就一亮。

好喝！

不過，少點甜他會更喜歡！

「奎一，你回來前，只聽到小玖來到帝都的消息嗎？很多人知道了？」北御前問道。

說到這個，仲奎一放下杯，也不再開玩笑。

「我在工會那邊聽到的。聽提起的人說，好像很多人都在談這件事，而且還說，端木家九小姐不傻了，但是，只是個一星魂師……」基本上，小玖從東城門進帝都的過程，已經傳遍東城區了。

有人聽個熱鬧。

有人認為，九小姐果然是廢材啊！

有人在笑歐陽家的少爺和小姐被打飛出去。

另外再一次出名的，就是端木傲和夏侯駒了。

一個是為妹出手。

一個是……半點關係也沒有卻護著別人家的廢材，小玖被嫉妒得就差被紮稻草人了。

總之，帝都東區是又熱鬧了一回，而且這熱鬧，還繼續擴散中。

「一星魂師？」北御前轉回頭，看向小玖。

「這個。」小玖拿出她的一星魂師徽章。

北御前、仲奎一同時探頭一看。

這就是傳說中的「一星魂師」的徽章呀！

原諒他們兩個也是沒見過。

北御前只有天階的徽章。仲奎一以前有過地階的徽章——那還是他生平第一次測魂階的時候，測出來的等級。

當場被無良師父嫌棄。

不過其他人卻是紛紛稱讚他。

「一星……」小玖的魂力就這麼一點點？

「這真的是我所聽說過的測試結果中，最低的魂階啊！」仲奎一感嘆。

相信一定也有很多人沒看過，難怪會「轟動」。

再上某兩男的護航，輕視加上嫉妒，真是人性啊——

「現在，大概有很多人等著看端木家的笑話。而端木家的人如果知道這個消息……大概會更氣小玖。」

「沒關係，不是我們氣就好了。」小玖一點也不在意。

仲奎一對她豎了豎大拇指。

「北叔叔，關於婚約，你有查到什麼嗎？」

說到這件事，北御前的面色就冷了。

「這個我知道。」仲奎一舉手發言。「端木義所說的婚約，是半年前，由陰家主動向端木世家提起聯姻，後來兩家討價還價，終於商議決定，陰家以四星魂器一件、三星魂器五件為禮，迎小玖回陰家，作為陰月宇第十五位妻子。」

每聽一次，就氣一次。

北御前的臉色簡直要成冰了！

第十五位妻子，他真敢想！

陰家真敢來娶，北御前保證讓他以後都別想再娶妻子！一勞永逸！

端木玖也氣了。

「我就只值一個四星魂器加五個三星魂器?!」

仲奎一嘴角抽了下。

小玖，妳生氣的重點是不是有點偏了？

坦白說，以現在煉器師在天魂大陸上的吃香程度、三星以上的魂器在大陸上的稀缺程度，這份聘禮，絕對不輕，甚至可以說是相當豐厚。

「那，妳覺得要多少魂器作為聘禮才夠？」好奇地問。

「仲大叔，我是用魂器就能娶到的嗎？」白他一眼。

仲奎一微怔。

「說得好！」哈哈大笑。

在別人眼裡，看起來豐厚又怎麼樣！

堂堂樓烈之徒、仲奎一的小師妹，豈是用魂器就能娶的?!

更何況，還是那麼低階的魂器，送給他，他都不要。

「不過小玖，妳只氣這個嗎？」

「先氣這個。」要記帳，也得一個一個來。「仲大叔，那你知道這件婚事，是誰提起、誰決定、誰同意的嗎？有沒有人反對？」

「是陰家家主陰月華主動派人聯絡端木家。而端木家這邊，由端木定灼與支持他的長老們同意的。據說，他已經和陰家商量好定下婚約、聘禮也收了，才告訴其他長老這件事，同時派人去西岩城找阿北和妳。」

喝了口剛才小玖端給他的汁液，仲奎一又繼續說：

「端木家族現在的情況，是家主——也就是妳的祖父已經閉關近十年，族中事務由長老們協商處理。而下任族長的繼任人選原本應該有四個，但其中一個已病故，另一個就是妳的父親。但妳父親離開後失蹤太久，所以人選只剩兩個：端木定煥和端木定灼。也就是你的大伯和三伯。」

「病故的，是端木定煦，也就是妳的二伯，也是——端木風的父親。」北御前補充道。

小玖一怔。

「端木風……六哥……」唯一一個，在她小時候就一直疼愛她的哥哥……

「端木家主閉關，下任家主人選雖然只有兩個，也是競爭激烈。端木定灼會答應這件婚事，應該也是想藉機提升自己這方的實力，擴大自己的勢力。」嘖嘖，家族事真麻煩。

不過無論如何，拿小玖換魂器，就是跟阿北和他作對！

「其他長老，在聽這件事後，也都贊成嗎？」

「有人反對，不過被端木定灼壓下去了；現在這件婚事兩家都已經對外放出消息，這個時候還能喊取消的人，大概只有端木家主了。」但是這種可能性，太低了。

仲奎一看著小玖，都覺得這種事對她太不公平了，就算小玖一直只是個傻子，

也不該這樣被利用。

「嗚。」小狐狸忽然發出小小的聲音，蹭了下小玖的手掌。

小玖笑了。

「沒事。」這種情況，還難不倒她；最壞的情況，就是大鬧一場，也很不錯。

大概的狀況，端木玖已經聽懂了，不過還有一點疑惑：

「我是傻子、又不能修練，陰家的人為什麼要娶我？」

「這個嘛……」仲奎一笑得很奇怪。「陰家沒有說原因，不過我猜測，應該跟妳父親有關。」

「我父親?!」據說，他已經「不在」很久了，怎麼會跟他扯上關係？

這件事，連北御前都不是很清楚，不過仲奎一可是聽過很多傳聞。

「妳的父親，端木定煌，端木家幾百年來的第一天才、天魂大陸罕見的修練天才，打破許多修練最快紀錄，而且自成名以來，據說從無敗績。同時，他還是俊美出眾的美男子。

既有才、又有貌。

可以說端木定煌過處，簡直沒有人不傾倒。倒追示好的女人數不勝數，包括當時已經是陰家家主的陰月華。

陰月華也算是個難得的大美人，實力好、容貌佳、身分高，身邊隨時圍繞著許多愛慕她的男人。

天魂大陸上不知道多少男人想要成為她的入幕之賓，但她卻只看上妳父親，還公開追求妳的父親，主動求親。不過妳父親一口就拒絕了。」

「為什麼？」

「她太老，沒興趣。」根據在場人士透露，端木定煌真的這麼說。

端木玖和北御前眼角抽了一下。

這情景想起來……好像很打臉。

「那……被拒絕的陰月華，不會從此由愛生恨，就記仇了吧？」

「差不多。」仲奎一滿臉正經地點點頭。「從此她更想得到妳父親了，軟的不成來硬的；聽說後來設計了妳父親好幾次，想跟他一夜春宵，結果都被妳父親躲過去了。妳父親也反擊打傷過她，如果不是陰月華身上護身魂器不少，可能早就死在妳父親手上了。」

「那她之所以對端木家提出聯姻，不會是打著『父債女償』的主意，想把我帶回陰家——」

「應該是。」那可是一個小心眼兒的女人。

「哼！真是作夢！」端木定煌的女兒，也是她可以肖想的?!

簡直不知死活！

「北叔叔，別生氣，我們——」小玖趕緊笑著要安撫，屋宅門外卻突然傳來一陣宏亮的聲音。

「端木家執法長老，請見仲奎一大師。」

第四十二章 端木家族

北御前和仲奎一很快交換了一眼。

「端木家的人，來的比我想的更快。」有北城門的事，端木義果然根本忍不去。

「快有什麼用？本人不高興開門，他們就得在門外給我等著。」仲奎一沒好氣地說道。

「仲大叔，霸氣、威武。」小玖鼓鼓掌。

「沒有，剛剛好而已。」仲奎一謙虛地說道。

「小玖，妳準備好回端木家了嗎？」

端木玖偏著頭想了想。

「大概吧。」她個人其實沒什麼好準備；而該知道的，北叔叔和仲大叔都幫她打聽好了。

「怕嗎？」

一個人，要去面對一整個家族的人，而且那個家族裡，高手無數。

「不怕！」

小玖答得雄赳赳、氣昂昂，就在仲奎一也要為她拍拍手，喊「威武、霸氣」的時候，小小聲又補了一句：

「打不過的話，我應該可以逃得掉的。」

「威武、霸氣」頓時散掉了。仲奎一嘴抽眼抽地看著自家小師妹，簡直無語凝噎。

「逃掉之後，怎麼辦？」北御前不理一旁抽風的人，繼續問道。

「如果我不願意，他們是抓不到我的。」小玖笑得有點賊兮兮。「不過，那是最後的下下策。實際上要怎麼做，就看他們的態度。」

小玖多愛好和平呀！

一般來說，她不主動招惹人、招惹麻煩的。

但如果人和麻煩自動找上門，那當然是人家怎麼來、她就怎麼回敬；她是有禮貌的人，很講究禮尚往來的。

「那麼——」北御前才開口，就聽見外面又傳來：

「來人，闖進去！」

「啊！」

「咻咻咻咻咻。」

端木玖：「……」那道門果然有毒！

「嗯，真不枉我花時間改造那道門，效果不差。」仲奎一很滿意。

煉器師的家門是那麼好闖的嗎？真以為他家沒護衛沒排場就可以隨便欺負？

哼，坑死你！

「退下，不要進門！」

顯然受到教訓，端木長老趕緊下令，不敢再隨便闖進去了。

「在下端木瑩，求見仲大師。」不一會兒，換了一個人，在宅外喊話的語氣可尊重多了。

「走吧，我去見見他們。」喝完那杯汁液，仲奎一咂咂嘴。「小玖，有空時候再給我幾杯。」

「好啊。」師兄的要求，師妹會滿足的。

仲奎一很滿意地打開門，就見秦肆站在門外。

「九小姐。」

「你也來了。」

「是。」他主動站到端木玖身後。

「我先出去，你們三個到大廳等。」說完，仲奎一就先往門口去了。

◈

仲奎一打開大門。

端木家來人就站在門外。

一二三四五六七八九十十一十二……總共二十五個人。

目測傷了七、八個。

比一般弓箭更細更短的箭矢，被丟在地上。

一個長老氣呼呼。

一個長老表情有點尷尬。

仲奎一雙手盤胸。

「什麼事讓你們闖我家的門？」一句話，就把來人全給定罪了。

別以為他看不出那個氣呼呼的想吼人。

也不想想，如果他們不闖，哪會受傷？

非請勿入，不懂啊！

「仲大師請別生氣，很抱歉我們太急了，才誤闖貴宅。我們來的目的，只是想請九小姐回本家，並無惡意。」端木瑩好聲好氣地說道。

「看在妳很誠懇、態度也不錯的分上，妳進來吧。但是你們——」指氣呼呼的長老以及其他端木家子弟。「別踏進我家大門一步，否則生死自負。」

「你——」氣呼呼的長老根本沒機會開口罵人，仲奎一已經甩身走了。

端木瑩連忙跟進去，就看見九小姐和北御前，都坐在廳堂裡。

「九小姐，我來迎妳回家族。」她直接說道。

端木瑩身為長老、又是天魂師，對聽說才一星魂師的端木玖並不需要太客氣，但她的態度卻是和善的，並沒有因為端木玖才只是一星魂師，就看不起她，對她輕慢以待。

「我和她一起去。」北御前握住小玖的手，示意她別開口。

端木玖只好乖乖的。

仲奎一撩袍落坐，表情有些散漫、眼神卻含著銳利。

「端木瑩長老，他們兩個，是我的客人，從這裡完好的離開，我也希望看到他們完好的回來；這一點，應該不用我再提醒吧？」這個時候的仲奎一，完全看不出平常吊兒郎當、哀怨炸毛的模樣。

身為名聲響亮的實力派煉器師，他對人的態度再高傲都算正常。

在去大門的途中他已經想過了。

阿北雖然不是端木家的人，但小玖由他一手帶大，要處理這件事，他跟著一起回去，算合理。

而小玖回本家，是家事，在師兄妹關係沒有公開之前，他就是個徹底的外人，絕對不適合貿然跟她一起回去。

但不能一起去，不代表他什麼都不能做。

以他的身分，放一點話、讓端木家顧忌一點，還是很簡單的。

「仲大師說笑了，端木世家是九小姐的家，當然不會有危險。」端木瑩面不改色地回道，心裡卻有點震驚。

沒想到仲奎一這麼重視北御前和九小姐，這讓她在對待端木玖相關的事務上，尺度變了一點點。

「九小姐，北大人，請。」端木瑩客氣地說道。

「請。」

跟在端木瑩身後，北御前牽著端木玖的手、秦肆隨後，緩緩踏出屋宅大門，往城北方向而去。

◈

迥異於仲奎一屋宅區的華麗風格，城北的屋宅，建得簡單、質樸、愈堅固耐用愈好。

特別寬敞的街道，有一種濃濃的粗獷感。

端木玖三人，被端木家的子弟包圍在中間，一路招搖過街，引起側目無數。

遠遠的，就見一座宏大的宅邸出現在眼前。

五六台階上，是一尺高的石砌門檻，大門敞開，門匾高懸在五丈高處，足有十丈寬的大門兩側，各自延伸著厚厚的圍牆。

一眼望去，竟看不到圍牆的盡頭。

「從這裡開始，直到後面的山林，這一整區，都是端木家族的駐地。」看出小玖的好奇，秦肆小小聲地說道。

「嗯。」小玖對他點點頭，表示感謝，同時小聲說道：「待會兒進了門，你就去找四哥吧！」

他的身分，不適合再和她站在一起。

秦肆想了想，就點了下頭。

與其留下，不如先去通知四少，萬一發生什麼事，四少也才能及時因應。

說完三兩句話，不一會兒，他們已經走到宅邸門口，看門的守衛連忙對長老行個禮，然後自動讓道。

「九小姐，北大人，請進。」端木瑩說道，踩上台階，率先踏進大門。

一進門看見的，是比天耀城的宅邸中，大了至少七、八倍的巨大演武場，場上左右兩側各有一個演武台。

一進演武場，端木瑩讓其他人帶著受傷的子弟下去療傷，氣呼呼的長老則早就丟下人走了。

秦肆就趁這個時候離開。

端木瑩只好一個人帶著兩人，在眾目睽睽中，很快走過演武場，進到正廳。

「三爺，各位長老，我帶九小姐回來了。」

坐在首位上的男人，端正的面容沉穩中帶著嚴厲，外表大約三十多歲，身形結實有力，氣勢逼人。

他微一點頭，一開口，嗓音渾厚：

「瑩長老辛苦了，請到一旁休息。」

「是。」

「北御前，這是端木家族的家事，請你也先退到一邊。」

北御前聞言，退開兩步，就站在端木玖的側後方。

看到他也一起回來，眾人一點都不意外。

從端木玖回端木家的那一刻開始，這個男人就一直護著她；現在再護著她回來，也不必太意外。

別礙事就行了。

男人不再理會他，眼神轉而審視地打量著端木玖，眉頭微微皺著，似乎不太滿意。

但他也看到了她懷裡一直抱著的小狐狸，對剛剛聽說那些「傳聞」，算是相信了。

「妳就是小玖，聽說妳已經恢復正常了？」

「是。」她點頭。

「我是妳父親的三哥，端木定灼，妳要稱呼我為三伯。」

「三伯。」她照著喊。

「召妳回本家的事，相信義長老和瑩長老都已經說過了。現在因為妳的遲歸，時間緊迫，今天起妳就住在本家，備嫁。」一言定音。

就端木定灼看來，這件事沒什麼好談論的，他的決定，她遵從就是。

看著四弟的面子上，他會要求陰家人善待她。

端木玖無語地看著他。

「雖然你是我父親的兄長，可是，也沒有當伯父的擅自替侄女定下婚約的道理吧？祖父可還在呢！」

端木定灼一噎。

「妳懂什麼?!我是為妳好！」

「通常說『為妳好』的背後真相，就是『對我更好』。」端木玖一點也不客氣地吐槽。

他的態度也太理所當然了點兒，可見得平時一定是說一不二、剛愎自用、狂妄自我的人。

這樣的人，光講道理是沒用的。

再看看在場的人，端木玖就知道，她也不用太客氣，不然一定會被人當成麻糬好軟捏。

「放肆！妳胡說什麼！」

端木玖偏著頭，一臉純真地看著他。

「這是……惱羞成怒？」被她戳中心思了。

「放肆！」

「用怒氣掩飾心虛？」

「放肆！」

「無話可說了？」才會每次用同一個詞。

在端木定灼拍桌之前，身旁一名長老搶先開口說道：

「九小姐，妳的確太放肆了。」

「喔。」先應了一聲，再問一句：「你是誰。」

噗。

雖然在場的人都是端木定灼的人，但是這種情況……還是會讓人忍不住發笑。

「我是執法長老，端木忠。」端木忠很克制表情不扭曲，很努力保持語氣的和善。

「喔。」點頭，表示知道了。

……怎麼沒有對長老行禮問候？沒禮貌！

但是現在也不是跟個小娃兒計較這個的時候。

「九小姐的態度太放肆了。不說三爺是妳的長輩，就算見到一個實力比妳高的人，妳也不能這麼說話。」一副為妳好的責備語氣。

「我說的實話。對著三伯，不能說實話嗎？」

端木忠一噎。

她這麼問，他是要怎麼回答？難道叫她不能說實話嗎？

「三爺是為妳好，生氣也是因為妳不聽話；身為晚輩，妳要相信、尊重三爺，也要相信我們共同的決定。」

端木玖看著他，突然一笑。

「忠長老，我不是傻子了。」

然後？

「所以，不要說什麼為我好、晚輩要敬重長輩之類的，只能騙騙傻子的傻話；我不會相信的。」

「放肆！」端木定灼還是拍桌了。

但是一點都沒嚇到端木玖，反而嚇到在場跟她同輩的年輕族人們。

三爺的脾氣不是太好，他們要不要先退場免得待會兒被當成出氣筒？

「三伯，如果你只有這句話要說，那我要離開了。」端木玖轉身打算走人。

「站住！」端木定灼站起來。「妳忘了妳是要成親的人，還能去哪裡？」

端木玖回身，迎視端木定灼兇惡的視線：

「我沒有同意，婚約就不是我的。」

「妳——很好。」端木定灼氣極反笑。「妳不是傻子了，反倒自以為聰明，妳以為沒有端木家族，妳還能過得好嗎？」

當然可以呀。

但是端木玖只是看著他，什麼都沒說。

端木忠再度義正詞嚴地開口：

「身為家族的一分子，自然要為家族的興盛盡一份力。九小姐從小癡傻，如果沒有端木家的庇佑和照顧，妳能安然長到現在嗎？

身受家族照顧，九小姐難道不該在自己有能力的時候，回報家族嗎？

當家族需要妳的時候，身為家族的一分子，怎麼能放任不管？

身為家族一分子，以家族興盛為榮，只要對家族有利，就當服從家族做出的決定。

能為家族出力，是榮耀、是榮譽，如果一個人的付出能讓族人過得更好，那這份付出，就有無上的價值，讓人尊敬。

雖然端木家是天魂大陸第一家族，但是，居安思危，實力不進則退。

端木家想要永續傳承、永保不衰，就要不斷提升自己，陰家的煉器能力，就是我們需要的。

有了好的魂器，假以時日，端木家的整體實力一定可以再上一層！

九小姐不覺得能見到家族更加繁盛、自己能為這場繁盛出一份力，是一件讓人值得驕傲的事嗎？」聖光滿滿。

眾人心想：九小姐應該聽明白了吧！能為家族出力，是多麼高尚的情操、多麼高貴的美德，身為家族的每一分子，都應該認真執行。

端木玖：「……」這像某種宗教的洗腦詞，讓人聽得想睡覺。

端木忠繼續道：

「九小姐，妳身為端木家嫡系子女，既然恢復正常，也應該明白唯有家族好、我們也才能好這個道理，不是嗎？

三爺的決定，除了為家族，也是為九小姐著想。

陰家雖然不是三大家族之一，但是卻有雄厚的實力，在大陸上也很有地位。

陰家家主與三爺頗有交情，在這麼多端木家子弟中，她只看中妳，願意為她的弟弟聘妳為妻。

論身分、論能力、論人才，陰少爺都是上上之選，作為九小姐的丈夫綽綽有餘，九小姐還能有什麼不滿意？

能為九小姐著想的，我們全考慮到了。這則婚約，絕對不會辱沒端木家嫡系子女的尊嚴，九小姐更沒有拒絕的理由；九小姐可明白了？」忠長老說得口乾舌燥。

「明白了。」終於，端木玖點點頭。

「那好——」長老才開口，端木玖就打斷他的話，接下去說。

「那真是好一句真理。」

眾人：「……」啥？

「果然，天下間，不想當家主的長老，都不是好長老；不想多拿好處的，不是好族人。」這志向，真的是非常之偉大；完全沒有同族愛。

忠長老：「……」

眾長老與其他人：「……」

等等，這句話有點難懂，信息量有點大，他們要想一下，需要靜靜……個鬼！

九小姐說的這是什麼話?!

「九小姐，妳說錯了吧？」另一名長老保持鎮定地問道。

「沒有說錯。」端木玖很肯定。

「九小姐的意思是，本長老想當家主？」忠長老張口結舌地問道。

「不只是你，還有三伯，以及在場的各位，有誰不想當家主、不想得到好處的嗎？」

「我沒有想當上家主。」端木忠嚴肅地說。

「那你好虛偽。」

端木忠：「……」額上冒青筋。

「你再多說一樣是狡辯。」端木玖看著在場每一個人。

她所謂的三伯、幾位長老、旁系老老少少的族人，至少三、四十人。

「你們現在說的話，做出的決定，不是只有家主才能下令的嗎？趁著家主不在，越俎代庖，還逼迫家主的親孫女出嫁，還美其名說是為了家族著想，這臉皮，真是厚到連魔獸爪子都戳不穿了。」

再指向其他人。

「而你們，敢發誓說你們一點都不想要陰家送來的聘禮？那些三、四星的魂器？」

眾人懵：「……」哪、哪有像她說的那麼、那麼……

只有北御前臉上露出淡淡的微笑。

小玖這戰力——即使不動手，也是橫掃眾人啊！

臉皮厚得連魔獸爪子都戳不穿？

噗！這些長老們還有臉嗎？

但這還沒完。

「還有，這個婚約、這個對象，那些亂七八糟的條件，本小姐哪裡都不滿意。」端木玖直接回道：「陰家再怎麼好、陰月宇人才怎麼出眾，都是他的事，與我無關。」

「九小姐，妳真是……冥頑不靈！」端木忠怒了。

「你喜歡，你去嫁啊。」

「……」他是男人、是長老，嫁什麼嫁?!簡直胡說八道！

端木忠想揍人！

「爹，不用跟她說那麼多，她根本不會懂家族榮譽的重要。」一直站在端木忠身後的女子，一邊拍撫父親的背，一邊氣憤地說道。

「妳又是誰？」端木玖看著她，問道。

「端木家旁系嫡女，端木忠長老的女兒，七星地魂師，端木縈縈。」她驕傲地報出自己的身分。

「那麼端木家旁系嫡女、端木忠長老的女兒、七星地魂師的端木縈縈小姐，妳說我不懂家族榮譽，那妳就懂嗎？」

「當然懂。」端木縈縈一開口，也是一長串，顯然也是憋很久了：

「妳既沒有魂師天分、又不能成為武師；傻了十五年，現在才恢復正常，就算現在開始修練，又能有多少成就？沒有實力、又不能為家族做些什麼，妳活著還有什麼意義？

「現在有機會能嫁入陰家，根本就是妳的福氣；再能為家族帶來一點貢獻，也總算不枉費端木家養妳十五年。

「這樣既能為家族盡心、又有替家族出力的好名聲，再加上能嫁個好丈夫，妳怎麼好意思說妳那裡都不滿？」

端木玖認真的聽完，扳著指頭數道：

「照妳的意思，沒能修練出什麼實力、又沒有什麼天分、也不能對端木家有什麼貢獻的人——那就該乖乖嫁人換名聲換聘禮？」是吧！

「是又如何？」

「妳好現實喔。」端木玖後退一步，離她遠一點，一副「現實的人可能會害我得遠離一點以保安全」的模樣。

她憋氣，但還是一副義正詞嚴地說道：

「這不是現實，是為家族考量。」

「所以，妳是為家族著想的好子弟、端木家的好女兒？」

「當然！」

「所以，妳也願意為端木家族犧牲奉獻，就算是賣身也眼都不眨、絕不猶豫立刻同意？」

「那當然……」等等。「賣身？」

「賣身。」端木玖很正經地點點頭，表示她沒說錯。

她卻一臉怪異的看向她。

「妳不會是沒傻了，卻病了吧？」堂堂端木世家嫡系子女，哪會去賣身？她果然腦子還是壞的吧！

「病了的是妳，連人話都聽不懂。」端木玖真為她的智商嘆氣。

「妳什麼意思！」

「妳人嫁過去，換聘禮回來，不就是以身換聘禮，賣身嗎？」端木玖一臉無辜地反問。

端木縈縈頓時脹紅臉。

「妳、妳才賣身！誰跟妳一樣！」聘禮那是求娶！求娶！

「是妳說，妳是為家族著想的好女兒、以家族榮譽為己任，現在家族既然缺魂器，正好又有人送聘禮，妳不就應該立刻出嫁替家族拿到聘禮，以示為家族的盡心盡力嗎？」

她一時語塞。

「陰家指名要娶的人是妳！」

「本小姐不是端木家的好女兒，沒有賣身為家族拿魂器的覺悟，這種榮譽、這種美德、這種好名聲，還是讓給妳吧！」

第四十三章　談不攏，就翻桌！

端木縈縈瞪眼，簡直不敢相信她會這麼說。

誰、誰要嫁啊！

「妳以為我像妳一樣廢物嗎？」

「妳也不像有多厲害的樣子啊。妳就說一聲，妳願不願意嫁就行了。」

「當然不要！」要嫁的人，是她！

「妳自己都不肯做的事，剛才怎麼好意思說那麼一堆冠冕堂皇的道理來要求我？」臉呢？

「那是因為妳的實力一點都不能為家族帶來榮譽，除了嫁人，妳還能做什麼？」端木縈縈鄙視地說道。

「本小姐的實力，還輪不到一個旁系的子弟來下定論。」端木玖更鄙視地說道。

「我的實力在妳之上，有什麼不能說的？」就算她是旁系子弟，但是實力足以碾壓這種出身的差距，怎樣？

「用說的實力嗎？」端木玖反問。

「什麼用說的，我的實力是實打實的。」端木縈縈就算不是天才，天賦也絕對

稱得上好。

「實打實，也是妳自己說的。」端木玖一副不信的模樣。

端木縈縈冷笑。

「既然妳不信，敢不敢跟我到演武場上打一場？」

「誰理妳呀。」端木玖給了她個鬼臉，就走向北御前。「北叔叔，我們走吧，跟這裡的人沒什麼好說的。」

竟然就這樣要走了?!

端木定灼怒喝就要出口，結果有人比他更快。

「站住！」端木縈縈擋在她面前：「沒和我打一場之前，我不會讓妳走。」

「和妳打，浪費力氣。」端木玖看她一眼。

「妳連跟我打一場的膽量都沒有嗎？果然是廢物！」端木縈縈冷笑。

「激將法對我沒有用。」她被說成廢物也不是一天兩天的事了，想用這一點刺激她，是白費力氣。

「那我以旁系子弟的身分，挑戰妳。」

這有什麼特別的意義嗎？

不等端木玖反問，端木縈縈就直接說了：

「我贏了，以後家族給妳的資源，就歸我，直到妳能再次打敗我，拿回妳自己身為嫡系該有的待遇。」這是族中為了鼓勵旁系子弟努力修練，特別設立的族規。

「那如果我贏了呢？」

「我的資源，歸妳。」端木縈縈走到端木定灼面前，請求道：「請三爺作見證，並且允許我的挑戰。」

端木定灼看著她：「准！」

端木玖：「……」喂喂，都沒人問她的意見喔！

這個三伯……果然是個剛愎自用、不聽人話的大沙豬！

◈

演武場上，剛才在各自練習的族人，現在全都集中在演武台周圍。

端木定灼與端木忠等長老們，與剛才在廳堂裡的所有嫡旁系子弟，全都踏出廳外，集中在演武台左側。

北御前站在右側，周圍三尺形成一股中空地帶，沒有人和他站在一起。

看見端木縈縈站上演武台，左側的族人們立刻喊：

「縈縈，加油！」

「打敗嫡系！」

「縈縈加油！加油！」

端木縈縈意氣風發地站著，朝左側的族人們一笑，然後看著還站在台下的端木玖。

「九小姐怕了？」

「我記得，大陸規矩裡有一條，魂階高者，不能挑戰魂階低者。」剛才端木縈自己說過，她可是七星地魂師。

以魂師等級來說，比端木玖高多了。

「但是兩人同意比鬥者，不在此限。」端木縈縈立刻接口說道。

想臨陣脫逃？沒門！

九小姐的修練資源，她要了！

「我沒同意呀！」端木玖笑咪咪的。

「誰說沒有，剛才……」

「三伯准妳挑戰，妳去找他打呀。」不關她事。

「小玖！」端木定灼看她的眼神快要冒出火。

「誰答應的事，誰負責；三伯不會連這點承擔都沒有吧？」

端木定灼瞪視著她。

端木玖就這麼回視回去，連一點點都沒被嚇到。

這表情、這神情，真是像極了該死的某人……

「三伯，你的眼珠是比我大，不過瞪來瞪去，是沒有什麼結果的。如果一定要比，我也可以同意，就當是給你一個面子；不過輸贏的條件，我說了算。」

「我輸了，我的修練資源就歸妳，這還不夠?!」端木縈縈喊道。

「誰稀罕妳的修練資源？西岩城管事好幾年沒給我任何東西，我都沒急著要回做人別太貪心！

來，就妳那些，我還能看上眼？妳自己留著用吧。」端木玖輕飄飄地說道。

「妳！」端木縈縈憋氣。

眾人：「……」這句話有點訊息，九小姐的意思是——她都沒拿到家族應該給她的東西？而且還好幾年了？

西岩城管事是誰？該不會吞了九小姐的東西吧？那可是嫡系的份例啊，她一個人份可以抵他們十個啊！

「算了，本小姐不想跟妳爭這些沒有意義的話。」端木玖看著她。「想跟我比一場，也不是不行；妳剛才說我沒有實力、只能賣身生命才有意義——」

「不是賣身，是嫁人！」端木縈縈大聲糾正。

「妳愛說嫁人，隨妳。」但她個人是不會改詞的。「要跟我打，條件我定。妳贏，從此，端木九小姐的修練資源歸妳；我贏，證明妳比我更廢物，賣身，妳去。」

「還要加一條，縈縈贏了，九小姐必須乖乖履行婚約。」端木忠立刻補充說道。

「贏一次，就想拿兩個條件，忠長老，這種坑嫡系子弟的話，你真敢說出口啊?!」不愧是擁有魔獸爪子都戮不穿的臉皮的長老啊！

「我……」

「你不用多說，要比，就依我的條件；想換其他條件，本小姐沒興趣！」真以為她和北御前兩個人，就會被他們這麼多人嚇倒嗎？

「我同意。」端木縈縈立刻回道。

她已經等不及想打倒端木玖了。

「很好，立誓吧！」端木玖立刻說道。

「我端木縈縈在此立誓，今日與端木玖比試，依約定條件，我贏了，得到修練資源，輸了，便履行與陰家的婚約；生死不怪，不得反悔。」端木縈縈率先說完，身上同時閃過一道魂力光芒，證明誓約完成。

「我在此立誓，今日與端木縈縈比試；我輸了，端木家九小姐修練資源歸端木縈縈；我贏了，陰家婚約由端木縈縈履行；生死不怪，不得反悔。」端木玖身上同樣閃過一束魂力光芒，立誓完畢。

端木忠只猶豫了一下，再想阻止已經來不及了。

總覺得……有點不安。

但是東城門傳來的消息，九小姐只是一星魂師，縈縈可是地階魂師，要贏她根本綽綽有餘。

是他關心則亂了吧！

台下等著觀戰的人也小聲的議論紛紛：

「九小姐好像很有把握。」

「裝的吧！」

「對呀！她只是個一星魂師，不用縈縈小姐，我們隨便一個上台，都可以把她踹下去。」

「嫡系的修練資源啊……」他也好想要。

「九小姐……有點可憐……」

「有嗎？」

「如果她不是嫡系子弟，就算現在只是一星魂師，在家族裡還是可以安安穩穩的修練……」

「但是三爺也沒有虧待她，陰家給的聘禮，真的很大方。」

「但是九小姐嫁過去，是第十五個老婆耶！端木家嫡系子弟，卻嫁到二流家族當別人的小老婆，這樣端木家族就很有面子嗎？」這還叫不虧待？九小姐會一輩子都抬不起頭做人吧！

「你說得也對喔……」所以三爺和長老們，真的有替九小姐著想？

而且，聘禮……九小姐拿得到嗎？

「我希望……九小姐贏。」

「噓，小聲點！」這句話可千萬別被三爺和長老們、端木縈縈聽見，不然他這個旁系的旁系的旁系……子弟，今後別想有安穩日子過。

「我知道了……」

在大部分人看衰的神情中，端木玖抱著小狐狸，緩緩踏上演武台。

「九小姐，演武台上只有勝負，妳自求多福。」端木縈縈高傲地說道。

「妳也是。」小狐狸張開眼，跳上端木玖的肩。

「小翼，出來！」端木縈縈一喝，身上魂師印浮現，兩星、七角，是七階地魂師。無誤。

一隻幾乎與人齊高的棕色雙翼大虎，同時出現在台上，狂妄的叫了一聲：

「吼——」

「小翼，上！」

「小翼，吃了牠！吃了牠……」

左側子弟們再度爆出助喝聲，要翼虎對那隻小狐狸不要客氣！

端木縈縈摸著翼虎毛，挑釁地看著端木玖。

端木玖不慌不忙，右手腕一轉，一柄三尺長的銀色長劍，立刻出現在她手裡。

「劍？」

「她不是魂師嗎？」

台下的人訝異的議論紛紛。

端木縈縈眉頭一皺。

「妳是武師？」

「是啊。」端木玖點頭承認，看著手上的劍，稍稍滿意。

這是她第一次使用飛劍的變形，用兩柄飛劍疊加，變成一柄三尺長劍；看起來還不錯。

「妳不是魂師嗎？」

「我捨不得讓小狐狸幫我打架呀！」端木玖笑咪咪的。

難道她會告訴他們，因為只有一星的魂力，所以不想用嗎？

還是要告訴他們，小狐狸一出爪，他們只有團滅的分？

哪個她都不想說。

台下眾人：「……」

台邊長老們：「……」

「隨妳，但我不會客氣。」說完，端木縈縈將魂力注入翼虎身上，下令：「小翼，攻擊！」

「吼！」

翼虎大吼一聲，直撲攻擊！

端木玖看似輕巧地跨了幾步，輕易避開翼虎。

翼虎再撲。

小玖再度移動位置，避開翼虎攻擊的同時，揮劍反擊。

揮出的劍被翼虎的前爪擋住，發出清脆的聲音：

「鏗！」

小玖手腕一轉，劍身頓時快速轉動。

翼虎連忙急退，可是前腿的毛卻被削掉好多。

「吼吼！」翼虎真的怒了，對著端木玖猛烈攻擊，卻次次落空。

端木縈縈見狀，立刻改變戰術。

「小翼，鎧化！」

翼虎受到魂力牽引，頓時化作一道流光，形成一副棕色鎧甲，更化出爪套、護靴附在端木縈縈身上，並且在她背上還有兩副飛翼。

「有飛行魔獸真好……」台下人看得一陣羨慕。

未突破天階前，要想騰空飛行，除了契約飛行類魔獸借助鎧化外，別無他法。

這也是飛行魔獸特別受地階魂師們青睞的原因。

有這種魔獸，等於多一個攻擊手段啊！

鎧化完成，端木縈縈立刻騰空，然後俯衝向端木玖。

「縈縈小姐加油！縈縈小姐加油！」

看見端木縈縈騰空，台下簡直卯足力喊加油。

對他們這些還不能自己飛的魂師們來說，騰空就是夢想啊！怎麼能教他們不激動?!

端木玖卻不慌不忙，帶著小狐狸在台上遊走，端木縈縈的速度再快，端木玖卻都能更快的早一步閃避，沒被端木縈縈攻擊成功。

一旁觀戰的端木定灼瞇了瞇眼。

四弟的女兒……果然不是尋常人，就算魂師資質差，但這種身手——分明就是修練武師的好料子！

想到她才恢復正常不久，表示修練的時間也不久，現在卻能和地階魂師打得不分上下——端木定灼臉又黑了。

以她這種天分修練下去，不出十年，嫡系還有他兒子們的立足之地嗎？

要不要——

心裡才轉過念頭，就看見北御前的眼神從他面前掃過。

站在右側台下的北御前雖然大部分注意力放在台上的決鬥，但也同時留意著四周人的變化，尤其幾個重點人物。

端木定灼定定看著北御前。

北御前彷無所覺，只看著台上的戰鬥。

難道是他的錯覺？不，應該不是。

錯過時機，端木定灼再把注意力轉向台上的決鬥，愈看愈皺眉。

端木縈縈一直在攻擊，乍看像占盡上風。

但實際上騰空飛行需要使用魂力、攻擊也需要魂力，一個地魂師，能有多少魂力可用？

果然沒多久後，端木縈縈的攻擊速度漸漸慢了下來。

反觀端木玖，卻依然游刃有餘。

決鬥的情勢漸漸反轉，端木玖卻有點小疑惑。

「地階魂師的攻擊力，就這樣？」她好像在問小狐狸，但是——大家都聽見了。

「九星翼虎的攻擊力，也就是搧風和爪子、牙齒，沒成長為聖獸前，牠的速度最快也就是這樣，除了能從空中偷襲，也沒有其他能力了。」北御前淡淡回道。

喔～～聽到的不只端木玖，大家都聽懂了。

只有這樣的話，那端木縈縈的攻擊力也不是那麼可怕了嘛！

話雖如此，但九星翼虎魔獸還是很皮粗肉厚的、攻擊又具有戰略優勢，能發揮出的實力，連初入天階的魂師，都會感到棘手……

等等，不要告訴他們，九小姐會打這麼久、閃這麼久，就是為了等著看翼虎的

攻擊力！

「既然這樣，那就不玩了。」

端木玖一笑，在端木縈縈又一次下撲、手上的爪套抓來，端木玖身形瞬動，手上的劍直接迎擊那副爪套。

「鏗」一聲！

端木玖借勢退半步同時，手中劍反轉、一揮！

劍身砍中翼虎鎧甲，又是一聲：「鏗！」

接著，「劈哩叭啦」，鎧甲發出一陣碎裂聲。

「呃……砰！」端木縈縈從騰空摔落到演武台上。

「吼、吼嗚……」翼虎的痛嚎聲響徹整個演武台。

端木縈縈身上的翼虎鎧甲頓時消失，並且化為一道光回到端木縈縈的契約空間裡。

端木縈縈本人趴在地上，更是站都站不起來。

「縈縈！」端木忠想衝上台，卻被端木定灼阻止。

「她還沒有認輸。」勝負沒有定論之前，任何人不能上台擾亂比鬥。

「縈縈小姐……輸、輸了……?!」剛剛為她加油的子弟們，簡直不能相信！

「九小姐贏了！」贏了！

台上，端木玖長劍指著她：

「認輸嗎？」

端木縈縈抬頭看著她，不吭聲。

「不認輸的話，我就繼續了。」端木玖的語氣很輕柔，眼神卻很冷淡，看她彷彿看著一個沒有生命的東西，劍上的冷芒同時映入端木縈縈眼裡。

端木縈縈突然感到一股危機感，立刻開口：

「我、我認……認輸。」

「很好，別忘了履行條件。」端木玖提著劍就跳下演武台，來到北御前身邊，嫣然一笑：「北叔叔，我贏了。」

「嗯。」北御前微笑，點頭。

不急也不喘，連臉色都沒紅多少，表示這場比鬥，她沒費多少力。

她的身手，比在西岩城進步很多。

「那我們回去吧！」這裡她不想待了。

端木玖正要離開，端木定灼卻一閃身擋在她面前。

「小四說妳能修練了，果然沒錯。」但是端木傲為什麼沒說清楚，她的天分有這麼好！

「所以？」他還想說什麼？

「婚約的事，我會再和陰家主談，我讓人準備一個院子給妳，妳就先留在那裡休息，明天開始，和其他兄長到演武場一起修練。」

「婚約是她的事。」端木玖指著台上，正被端木忠抱下台的端木縈縈。

端木定灼連看都不看他們一眼。

「她當然會嫁入陰家，不過妳的婚約，我會和陰家重談條件。」小玖的實力不同，聘禮當然要重新談過。

端木玖驚訝地瞪著他：

「所以，你覺得我被賣一次不夠，還要再被你賣第二次?!」這什麼奇葩伯父?!

「不是賣，是為妳找一個好夫家。」端木定灼還是堅持這種說法。

女孩子，不趁機會嫁出好條件，難道真指望她能興盛端木家族？

端木玖無語。

臉皮能厚得自我催眠到這種程度、完全聽不進別人拒絕的人，真的是她父親的哥哥?!

「端木定灼，別太過分。」北御前冷冷地看著他。

「端木家的家事，你沒有資格開口。」端木定灼同樣回以冷然的目光。你對小玖再好，也始終只是外人，不要逾越你的本分！

「呵！」端木玖輕笑一聲。

「小玖？」笑什麼？

「三伯，我今天回來，聽你說這麼多，婚約的事，也依你們的方法處理；這是看在我的父親出自端木世家、我在這裡也生活過五年的分上。但這不代表我怕你、或者我欠你什麼，更不代表你有資格替我決定任何事，這點差別，你應該明白吧？」

「我是妳的長輩，妳的父親不在，妳當然應該聽我的。」端木定灼理所當然地說道。

「那還有大伯、還有祖父呢？」

「他們不會有意見。」

「是沒有意見，還是你根本沒有告訴他們？」

「身為晚輩，妳沒有質問我的資格。」端木定灼根本不把她的意見放在眼裡。

看著端木定灼，端木玖突然又笑了。

「我真是呆。」

「小玖？」北御前關心地看著她。

「北叔叔，我本來想好好跟他們說、好好離開這裡的，可是，他們根本不講道理，只認定自己說的是對的，這樣我剛才說的，根本是浪費口水嘛！」

「跟端木定灼，的確沒有什麼道理可說。」北御前同意。

不然之前他也不會那麼擔心。

但是看今天在場的人，北御前就知道，端木定灼在本家的勢力，還沒有大到可以動搖整個端木家族的地步。

所以，不足為懼。

「既然如此——」端木玖對著端木定灼一笑，宣告道：「三伯，請你聽清楚，不管為什麼原因，我都不會同意任何婚約；請記住，我的未來，除了我自己，誰都不能替我作決定。」

端木定灼突然一陣恍惚。

端木玖的神情，落在他眼裡，彷彿與另一個人重疊。

這句話，那個人曾經也對他這麼說過：

「三哥，請你記住，我的未來，除了我自己，誰都不能替我作決定。」

「北叔叔，我們走。」端木玖不再看他，與北御前往大門走去。

端木定灼頓時惱怒！

「站住！」

「執法隊，攔住她！」

端木玖沒有停步，繼續往門外走。

長老一聲令下，執法隊立刻圍向前，將端木玖攔在門口前，不讓她踏出門半步。

「不遵從家族命令，便視同叛族。執法隊立刻執行：拿下端木玖！」

「是！」執法隊員正要動手，卻有一道喝斥聲突然由外傳來——

「誰敢！」

響雷般的聲音，冷冽地震撼了所有在場的人，差點炸翻了石板地表，也震住了執法隊員們即將脫手的攻擊！

一道修長的身影，同時遠遠而來，緩緩踏進端木家族大門——

（待續）

小番外

所謂「師兄」

樓烈：小玖玖，妳有兩個師兄喔。
玖玖：是誰？
樓烈：等妳遇到他們的時候，戒指就會有反應了。
玖玖：師兄……有趣嗎？
樓烈：很有趣。
玖玖：師兄……可不可靠啊？（想起某人初登場的形象……）
樓烈：這不重要。
玖玖：那什麼才重要？
樓烈：重要的是——師妹有事，師兄服其勞。
玖玖：這個讚！

某重情重義的大叔：哈啾！
某玉樹臨風的師兄：哈啾！
誰在背後想算計我（本大爺）？

作者的話

《末等魂師》第四集寫完啦！

撒花！撒花！

真的是……好不容易啊～～（銀姑娘抹一把辛酸血淚）

年初的時候，經歷過去年的拖稿，銀姑娘立下雄心壯志：

「今年一定要照計畫時間寫稿！不拖不拖！」

結果沒幾個月馬上自打嘴巴，從雄心壯志變成苟延殘喘：

「為什麼一直寫不完……」嗚嗚。

從——

讀者朋友來訊說：「銀姑娘，我要戒小說了，直到一百天後才能出關……」嗚嗚。

銀姑娘回訊：「乖，不哭。那銀姑娘也一起閉關，要努力填坑！在你出關之前，銀姑娘要填平坑！」

到——

讀者朋友來訊：「銀姑娘，我考完了！在等成績了！可以看小說了！書咧書咧?!」

銀姑娘心虛：「銀姑娘的坑還沒填平……」趴倒。

連途中編編放產假去，託了代編編來看稿，又收假回來了，銀姑娘的稿子：還、在、填。

銀姑娘自我嫌棄：我到底是有多龜速啊啊啊！

這段寫稿期間，雖然有因為家裡的事耽誤，不過這一本之所以寫這麼慢，也因為銀姑娘一直在斟酌後面的情節。

雖然大綱沒有改變，不過細節方向幾乎是全變了，銀姑娘中途修修刪刪好幾次、地圖分布也畫了兩張，順序都快錯亂了，最後還是決定，照自己最想寫的節奏去寫，讓玖玖在這個不科學的異世大陸，慢慢找到歸屬感和依戀，然後讓這個異世大陸上的人為她的出現目瞪口呆。（笑）

過程雖然拖得有點久，不過寫完後，銀姑娘忍不住又開心起來。

有一點點可惜的，沒有如願讓某男初登場大展神威，可是總算還是有讓某男雄壯（？）初登場啦！

這是一個銀姑娘有私心的人物喔！（嘿嘿嘿）

而大展神威……請大家繼續期待後續喔！（嘿嘿嘿嘿）

二〇一七年六月

銀千羽

國家圖書館出版品預行編目資料

末等魂師④：談不攏，就翻桌！／銀千羽 著.-- 初版.-- 臺北市：平裝本．2017.08 面；公分（平裝本叢書；第 451 種）（銀千羽作品）

ISBN 978-986-93793-8-0（平裝）

857.7　　106011307

平裝本叢書第 451 種
銀千羽作品
末等魂師
④ 談不攏，就翻桌！

作　者—銀千羽
發行人—平雲
出版發行—平裝本出版有限公司
台北市敦化北路 120 巷 50 號
電話◎ 02-27168888
郵撥帳號◎ 18999606 號
皇冠出版社（香港）有限公司
香港上環文咸東街 50 號寶恒商業中心
23 樓 2301-3 室
電話◎ 2529-1778　傳真◎ 2527-0904
總編輯—龔橞甄
美術設計—嚴昱琳
著作完成日期— 2017 年 6 月
初版一刷日期— 2017 年 8 月
初版二刷日期— 2019 年 3 月
法律顧問—王惠光律師

讀者服務傳真專線◎ 02-27150507
電腦編號◎ 560004
ISBN ◎ 978-986-93793-8-0
Printed in Taiwan
本書定價◎新台幣 220 元／港幣 73 元